BUR
Rizzoli

# La libreria delle storie sospese

#librosospeso

*Voglio regalarti questo libro perché*

________________________________

________________________________

________________________________

# I

La pioggia e il parco e le altre cose
Sono nel posto che tu sai
Io solamente sto cambiando
Ma tu non devi pianger mai
*Roberto Vecchioni*

«Devo sapere chi è! Devo saperlo!» Il ragazzo spalanca la porta a vetri, fa qualche passo all'interno e si ferma al centro del locale a fissare Nina seduta alla scrivania.

Lei alza gli occhi dal monitor, perplessa, sbattendo un paio di volte le lunghe ciglia dietro le lenti degli occhiali. Scruta il viso dell'uomo per una frazione di secondo e poi, dopo aver lasciato scivolare lo sguardo sulla mano di lui, irrigidisce la mascella.

Nascosta nella mia nicchia, osservo la scena senza emettere un suono, e stringo i braccioli della poltrona augurandomi che quel tale non faccia gesti avventati.

«Devi dirmelo!» la incalza, puntandole contro il braccio armato.

Nina scatta in piedi, pupille dilatate, pugni chiusi sul tavolo, le labbra appena increspate in un sorriso forzato.

«Quello devi posarlo all'ingresso» quasi ringhia, indicando l'ombrello gocciolante impugnato dal giovane.

«Oh, s-scusa» balbetta lui, perdendo di colpo tutta la sua baldanza. Torna indietro verso la porta, facendo attenzione a non sfiorare gli scaffali, e lascia sul pavimento un sottile rivolo d'acqua.

«Non fa niente» risponde Nina sorridente, recuperando subito la sua abituale allegria. «È che non amiamo molto la pioggia qui dentro.»

Tiro un sospiro di sollievo, rilasso le braccia e appoggio la testa contro lo schienale.

Ma cosa gli è saltato in mente, a 'sto *ciaparàtt* qui? Brandire un ombrello zuppo in una libreria, in mezzo a tanta carta indifesa! I nostri libri, lisci e profumati di stampa fresca, a contatto con le luride gocce del temporale milanese. Come, dico io, come si può essere così folli?

«Allora, Paolo, giusto?» chiede lei con voce carezzevole da giovane maestrina, facendo mezzo giro intorno al tavolo e piazzandosi, con le braccia conserte, di fronte all'ansioso avventore. «Spiegami cosa sta succedendo.»

Mi sistemo sulla punta del cuscino e provo a sporgermi per guardarlo meglio. Alto, elegante, lievemente stempiato, mandibola virile da attore di sceneggiati televisivi, le spalle larghe curve in avanti. Mi pare di riconoscerlo. Dev'essere passato qui due o tre settimane fa, forse prima dell'incidente. Potrebbe avere trent'anni. Magari quaranta. Be', comunque è giovane. Anche se io li considero tutti giovani. Alla mia età non ha nemmeno più senso distinguere le generazioni: ci sono i bambini, i giovani e i vecchi decrepiti come me.

«Sto impazzendo, non faccio altro che pensarci. È diventata un'ossessione. Non riesco a concentrarmi sul lavoro, non mi interessano i discorsi degli amici, ho perso anche le ultime due partite a tennis. E io non perdo mai.» Mentre si sfoga come se fosse dallo psicanalista, non riesce a stare fermo e continua a girare in tondo e a toccare ogni cosa. Sposta quello, muove l'altro. Avrò un bel po' da fare più tardi per rimettere tutto in ordine.

All'improvviso si blocca, solleva il mento, la guarda negli occhi e pronuncia serio: «Voglio conoscere la persona che mi ha regalato questo libro. Tu devi aiutarmi, Nina».

Da una tasca della giacca estrae un piccolo volume bianco e viola con la copertina flessibile, tutto spiegazzato. Rischio di nuovo di avere un mancamento alla vista della crudeltà inflitta alla povera copia del romanzo che fino a pochi giorni fa riposava illeso su una pila di suoi simili nella nostra libreria. Perché arrotolarlo come se fosse un vecchio giornale? Perché lasciare le sue pagine a contorcersi in quelle sgradevoli orecchie fino a diventare una triste fisarmonica? Avrebbe riservato lo stesso trattamento a un suo amico?

«Allora ti è piaciuto!» La libraia ride, divertita. «*Le ho mai raccontato del vento del Nord.* Ricordo ancora l'espressione che hai fatto quando te l'ho dato. Sembravi spaventato.»

«A dire la verità lo ero. Non capita tutti i giorni che un commerciante voglia farti un regalo» farfuglia imbarazzato.

«Temevi che ti rifilassi con l'inganno un abbonamento a duecento volumi dell'enciclopedia? Una batteria di pentole? Se fossi così brava a truffare la gente, avrei una libreria con vista sull'oceano e non sui binari di una vecchia stazione in disuso» ammicca lei.

«E pensare che un tempo, da quella ferrovia, passavano migliaia di persone al giorno» sospiro. I due non mi prestano attenzione e continuano a chiacchierare come se non ci fossi. Sono diventata un oggetto d'antiquariato. Ho il sospetto che Nina abbia iniziato a ignorarmi perché ripeto sempre le stesse cose.

«Ti ho già raccontato la storia dei treni, vero?»

«Almeno un milione di volte, Adele.»

E va bene. Ma che importa? È una bella storia, commovente, e io sono anziana. Si invecchierà pure per qualche motivo, no? Per raccontare all'infinito gli aneddoti della nostra vita, in modo da riviverli ancora e ancora, per uscire di casa in pantofole, perché ci fanno male i piedi, per dire quello che pensiamo della gente ad alta voce, senza preoccuparci della loro reazione, per restare sedute in poltrona tutto il giorno, anche se non necessariamente nel nostro salotto.

«Non insistere, non posso dirtelo. Il gioco funziona così: un cliente compra un libro e decide che verrà regalato al cliente successivo, in maniera anonima e disinteressata.»

«Uhm, ok. Me l'avevi già spiegato. Quello che non capisco è perché.»

«Be', perché magari ha amato tanto quel libro e vuole condividere...»

«No, perché deve restare anonimo.»

«Perché è come con il caffè.»

«Il caffè» ripete lui concentrato, grattandosi il mento, come se cercasse di decodificare il codice di Hammurabi. «No, non ho capito.»

«Il caffè sospeso.»

«Tipo, come un caffè d'asporto?»

Nina sospira e io ridacchio. Vedi, bambina mia? Tocca a te, adesso, ripetere il tuo racconto per l'ennesima volta.

«Sai quando entri al bar e ti hanno già lasciato il caffè pagato?»

«Non mi è mai successo, devo avere dei conoscenti tirchi.»

«A dire il vero è un'abitudine napoletana, non milanese.»

«Non vado mai a bere il caffè a Napoli.»

Nina si morde il labbro e si passa la mano tra i capelli.

Nonostante l'espressione serena, la conosco abbastanza bene da sapere che quel leggero tremolio della palpebra nasconde un vulcano in eruzione.

Eppure avrebbe dovuto aspettarselo. Il tale che fa gli oroscopi alla radio l'aveva avvisata, stamattina: «Ariete, vi troverete ad affrontare grandi sfide. Fate affidamento sulla vostra pace interiore».

È stata proprio lei a dirmi che quell'astrologo non sbaglia mai. Un luminare.

Lo ascoltiamo tutte le mattine, da quando ho iniziato a frequentare la sua scatola dei sogni, la piccola libreria dalle pareti lilla.

Il primo giorno che ci sono entrata era, vediamo... quanto è passato? C'era ancora il mio Domenico ad aspettarmi a casa, lo ricordo bene. Rientravo dal mercato e mi sono fermata a guardare la vetrina. Doveva aver aperto da poco, perché non l'avevo mai notata. Credo che prima qui ci fosse un'agenzia immobiliare o uno di quegli uffici che trovano lavoro a cottimo ai giovani. "Lavoro *interminale*", mi pare lo chiamino. Quella mattina, colpa del caldo e del sole che picchiava in testa, le mie gambe hanno ceduto e *ploff*, mi sono ritrovata sul gradino. Nina si è precipitata fuori a soccorrermi e mi ha fatto accomodare proprio su questa poltrona. Mi ha offerto un bicchiere d'acqua zuccherata e abbiamo scambiato quattro chiacchiere: come ti chiami, da dove vieni, come ti è venuta l'idea di aprire in queste strade lunghe della cui esistenza sembrano essersi dimenticati tutti. E poi lei mi ha fatto cenno di aspettare, si è avvicinata a uno scaffale, ha alzato il volume della radio e mi ha detto: «Solo un momento. Devo sapere come andrà questa giornata».

Dunque, sono passati più o meno cinque anni, anche se ho come l'impressione che il tempo non scorra più come una volta, galoppando da purosangue, ma zoppicando come un vecchio mulo.

Sono sempre venuta a trovarla di mattina e ho ascoltato e commentato tante volte l'oroscopo insieme a lei.

Non che io ci abbia mai creduto davvero. Anzi, non ci credo per niente, ma mi diverte osservarla mentre aspetta che la voce vellutata dell'esperto le dia qualche buona notizia o anche solo una flebile speranza.

«Dimmi almeno se è una donna.»

«Uhm, e va bene.» I due stanno ancora discutendo della faccenda del libro sospeso. Nina è una gran pignola quando si tratta di seguire le regole, ma era solo questione di attimi perché cedesse alle richieste sfiancanti del molestatore di libri. «È una ragazza, contento?»

«Lo sapevo!» Paolo esulta come se avesse vinto alla lotteria. «Non capisci che questo è un segno del destino? Pensaci bene: il romanzo parla di due persone che si scrivono email per sbaglio, senza essersi mai viste, e scrivi oggi, scrivi domani...»

«Finiscono per innamorarsi» sussurra lei. Poi torna a guardare il ragazzo, con espressione divertita: «Sei serio? Pensi davvero che lei abbia lasciato quel titolo perché sperava che il cliente a cui sarebbe finito in dono potesse essere il suo principe azzurro?».

«In effetti, guarda che bel principe le è capitato!» esclama Paolo, sollevando un sopracciglio, nella vana illusione di sembrare seducente.

Nina ride, arrotolando intorno a un dito la lunga catenina che porta al collo. Ha in mente qualcosa, quella giovane strega, ne sono convinta.

«Va bene, mettiamo pure che sia andata così. Se c'entra davvero il destino, dovresti riuscire a scoprire chi è senza il mio aiuto.»

«Che vuoi dire?»

«Voglio dire che non ti dirò di chi si tratta, ma sono disposta a fargli avere in regalo un libro che tu sceglierai per lei. Che ne dici?»

Il nostro dongiovanni ci pensa un momento, poi sorride e allunga la mano per stringere quella di Nina. «Ci sto!»

La caccia al tesoro per trovare il titolo giusto mi fa venire un gran mal di testa. Mentre resto seduta in poltrona, li osservo toccare, sfogliare, spostare, leggiucchiare decine di volumi. Lui mi passa un paio di volte accanto senza nemmeno degnarsi di salutarmi. Ogni volta che afferra uno dei libri e sbircia la quarta di copertina, ho il terrore che possa sciuparlo.

«*Le affinità elettive* o *L'amore ai tempi del colera*?» chiede, soppesandoli con le mani, come se stesse scegliendo le orate per la cena.

«Ehm, sono entrambi titoli evocativi. Di sicuro vai dritto al punto» risponde Nina. «Quale ti è piaciuto di più?»

«Non li ho mica letti» risponde, appoggiandoli in cima alla pila dei papabili. «Volevo fare colpo.»

«Be', l'idea è quella di regalare una storia che sia stata importante per noi, che ci abbia emozionato. Prendile qualcosa che hai amato davvero.»

Mi sa che la fortunata lettrice rischia di ricevere in omaggio la rivista "Quattroruote".

Le gocce di pioggia, piccole e incalzanti, continuano a rigare la vetrina. Questo tempaccio non ci ha dato tregua dalle prime luci dell'alba.

La strada è quasi deserta. Pochi passanti nascosti dagli ombrelli e auto che schizzano le pozzanghere sul marciapiedi.

In giorni come questo, sento la mancanza di Domenico.

Quando eravamo ragazzi e non dovevamo andare a lavorare, se diluviava ce ne stavamo rinchiusi tutto il pomeriggio in un vecchio bar tabacchi in fondo alla strada ad ascoltare ballabili con il jukebox. A me piaceva Celentano. *Ventiquattromila baci. Sabato triste.* E quella che faceva: "Amami baciami. Sì, sì, sì, amami, baciami, stringimi e non lasciarmi più…".

«Allora ripasserò nei prossimi giorni a chiederti com'è andata.»

Riemergo dal mare dei ricordi e vedo Paolo che

recupera il suo ombrello accanto alla porta e fa un cenno di saluto. «In bocca al lupo!»

«Viva il lupo!» replica Nina, muovendo le dita della mano per l'arrivederci. Poi appena quello ha varcato la soglia, esclama ridacchiando: «*Sono contrario alle emozioni.* Bene!».

«È un bel libro» rispondo. «Per un attimo ho temuto che le regalasse *I Promessi Sposi.* O quello lì dei ragazzini, quello del maghetto come si chiama... *Enry Potte.*»

Avrei voglia che mi raccontasse come sta. Non siamo riuscite a ritagliarci un attimo per parlare con calma da quando sono tornata e so che sta affrontando un momentaccio. Ma lei non dice altro e sprofonda nuovamente nel suo lavoro. C'è la contabilità del mese da sistemare e Nina odia avere a che fare coi numeri, soprattutto quando i numeri non sembrano voler collaborare. Me lo dice sempre: «Del resto se lavoro con le parole e non con i numeri, un motivo c'è! Le parole tornano, i numeri mai! Non sono portata!». Non è un periodo d'oro per la libreria. Per la sua e per ogni altra libreria del pianeta.

Mi alzo e passeggio per il locale, cercando di fare meno rumore possibile per non disturbarla. Da un po' di tempo il dolore alle gambe si è alleviato e sono piena di energia. Senza dare nell'occhio, provo a mettere in ordine. Alla giovane libraia non è mai piaciuta la mia abitudine di sistemare tutto. Lei preferisce muoversi nel caos. Quando un cliente le chiede un titolo, sa esattamente dove andare a cercare, anche se non c'è nessuna logica nella sua archiviazione. Forse va a naso, come i cani da tartufo.

Ogni tanto stacca gli occhi dal computer, guarda il telefono e sospira. Sembra che stia aspettando una telefonata o un messaggio importante.

A dirla tutta, sono giorni che, quando il suo cellulare suona, lei si precipita a controllare. Non l'aveva mai fatto prima. Il suo comportamento è così curioso che ho anche provato a spiarla. Quando ieri si è alzata per andare al bagno e ha lasciato incustodito l'aggeggio, mi sono affrettata a sbirciare e... dove sono finiti i tasti dei telefoni?! E che significa PIN?!

Mentre la sento emettere l'ennesimo sospiro, la porta si spalanca di nuovo.

«Allora?» Nina scatta in piedi e va incontro alla sua amica, imbacuccata in una mantella impermeabile colorata che le dà l'aspetto di una Cappuccetto Rosso che ha preso troppa pioggia. «Ci sei andata?»

«Ho fatto come mi hai detto» risponde lei, sfilando con gesti attenti il poncho grondante per evitare di inzuppare i libri. Allora c'è ancora qualche giovane dotato di senno! «Mi sono presentata al suo indirizzo, quello che mi avevi dato, per consegnare il mazzo di fiori, e sono rimasta un sacco di tempo ad aspettare che qualcuno mi rispondesse al citofono. A proposito, mi devi una messa in piega.»

Non ho idea di cosa stiano blaterando. Emma è la proprietaria del negozio di fiori poco più avanti. Mio marito si fermava spesso da lei a comprare gerbere o ranuncoli da regalarmi.

«Va bene, va bene. Tutto quello che vuoi, amica, ma vai avanti.»

«Sicura di volerlo sapere?»

Nina si massaggia le tempie, sollevando leggermente gli occhiali dal naso.

«Sì, sono sicura. Ormai devo conoscere la verità.»

«Ecco... Quando finalmente mi hanno fatto entrare nel palazzo e sono riuscita ad arrivare all'appartamento, mi ha aperto una donna.»

«Sì, be', Andrea ha la donna delle pulizie.»

«Oh, ce l'ha davvero!» esclama Emma. Il suo tono sarcastico non promette nulla di buono. «Solo che, come dire. Questa domestica se l'è anche sposata.»

«C-che?» balbetta Nina. «Vuoi dire che...»

La fioraia annuisce e restano in silenzio per qualche momento.

«Vuol dire cosa? Cosa?» provo a chiedere, sperando di essere messa al corrente di quello che sta succedendo. Ma ancora una volta la mia richiesta cade nel vuoto. Non è affatto divertente essere anziane.

«Avrai capito male. Non può essere.» insiste la libraia.

«Mi dispiace, tesoro, ma è così. Quando ho chiesto del tuo amichetto, mi si è presentata come sua moglie. Ho dovuto usare la mia migliore faccia tosta per mollarle i fiori ed eclissarmi, senza che mi facesse domande! E ringraziami, perché il bigliettino con la poesia che avevi scelto e la tua firma l'ho strappato dalla confezione prima di scappare.»

Nina si appoggia alla scrivania e si prende il viso tra le mani. Emma le mette un braccio intorno alle spalle.

Anche io mi avvicino per darle conforto. Non so bene per cosa, ma che importanza ha?

Poi l'occhio mi cade di nuovo sul suo telefono e capisco. Andrea era quello dei messaggi. Quello che era riuscito a farle tornare il sorriso, qualche settimana fa. Quello di cui lei avrebbe voluto parlarmi, prima che fossi costretta ad assentarmi per un po'.

«Come ha potuto farmi questo? Come ha potuto mentire su una cosa così importante?» dice, mentre una lacrima le scivola lungo una guancia. «E io come ho potuto cascarci come una scema? Ho combinato un casino.»

«Non è colpa tua, Nina» prova a consolarla Emma. «È lui che è stato disonesto.»

«Sì, ma io ho creduto che...»

«Meglio lasciarli perdere subito i farabutti come lui!» insiste. «Almeno adesso sai di che pasta è fatto e puoi mandarlo al diavolo e tornare alla tua vita. Meno male che, prima di compiere qualche pazzia, hai chiesto aiuto a me.»

«Già, meno male che ho chiesto prima a te.»

Emma ha ragione. Nina è sempre stata impulsiva nelle relazioni.

«Pensa se avessi lasciato davvero Filippo per uno come lui! Te ne saresti pentita per tutta la vita! E io sarei stata la prima a schiaffeggiarti per averlo fatto.»

Nina inspira e poi espira profondamente, si sfila gli occhiali e con gli occhi lucidi sorride all'amica: «Hai ragione, devi essere la prima. Da quale guancia vuoi iniziare?».

# 2

Scriverà sulle tovaglie dei Navigli
quanta gioia, quanti giorni, quanti sbagli.
*Baustelle*

«Ma era davvero necessario? Non si perde autenticità, in questo modo?»

«Dipende da cosa decidiamo di considerare autentico.» Il giovane docente continua a passeggiare in tondo, la barbetta incolta gli ricopre il mento e ha un farfallino colorato appuntato al collo. Tra le mani regge il suo piccolo quaderno: non l'ha mai aperto durante tutta la lezione, ma continua a giocherellarci tenendo un dito all'interno, come segnalibro. Sono sicura – e potrei scommetterci la pensione – che su quelle pagine non c'è scritto niente, nemmeno un piccolo appunto. Al massimo, forse, la lista della spesa. Fa ancora un paio di passi in silenzio, poi con un mezzo giro si piazza di fronte alla ragazza che gli ha posto la domanda: «È più autentico il manoscritto o la sua traduzione?».

«Be', ma è ovvio» risponde lei, scrollando le spalle, con l'aria seccata di un Alan Turing a cui hanno chiesto quanto fa sei per otto. «Però il lettore straniero si affeziona a una traduzione che per lui, in effetti, è il libro stesso. Pensa al trauma di rileggere un capitolo che hai amato e che hai, magari, imparato a memoria e trovarlo riscritto! Termini diversi, composizione della frase differente...»

«Il tuo punto di vista è interessante, ma stai parlando di una rilettura da parte di chi conosce già l'opera.» Il professorino fa una breve pausa, per controllare che tutti gli occhi siano puntati su di lui. «Mentre, invece, chi si imbatte per la prima volta nel testo potrebbe provare una maggiore empatia, se la lingua in cui è tradotto è più recente.»

In momenti come questo invidio l'apparecchio acustico del mio povero Domenico. Aveva quasi completamente perso l'udito e, quando iniziava ad annoiarsi, poteva spegnerlo e sorridere beato, fingendo di seguire anche la più barbosa delle conversazioni.

Stasera Nina ha messo la libreria a disposizione della sua classe di lettura creativa, e da circa un'ora stiamo discutendo del valore delle traduzioni. A dire il vero, a discutere sono gli altri, mentre io aspetto soltanto che il tale con la giacca a quadri che fissa il suo telefonino senza sosta si alzi dalla mia poltrona e mi lasci finalmente riposare.

Non che il dibattito sia privo di fascino, a essere sincera. Gli spunti di riflessione sono interessanti e l'insegnante ha un carisma che mi avrebbe colpita, se avessi avuto cinquant'anni di meno e la passione per i bellimbusti. Ma, insomma, leggere creativamente. Che significa?

Non credo sia una cosa che fa per me.

Quando ero ragazza, già solo il fatto di usare il tempo libero lontano dalla fabbrica per leggere era considerato un gesto creativo. Senza contare che sono sempre stata una lettrice solitaria e fatico a condividere i miei punti di vista, se non con persone di cui ho davvero stima. Forse lo faccio per pudore, perché, in un certo senso, sono un'autodidatta della lettura.

«Esatto, come Shakespeare!» esclama il *prof*, puntando il taccuino verso una donna di mezza età che sorride compiaciuta. «I ragazzini inglesi lo detestano, perché ha un linguaggio troppo arcaico, mentre noi che lo leggiamo in traduzione lo apprezziamo di più. Stessa cosa, il *Don Chisciotte* in Spagna.»

«Allora...» borbotta il ladro di poltrone, senza nemmeno degnarsi di alzare gli occhi dal prezioso schermo, «forse a un giovane di qualche Paese lontano piacerà pure quella palla di Dante!»

Spalanco la bocca inorridita, provando a lottare contro l'istinto di lanciargli addosso la copia di *Stoner* che ho tra la mani. Troppo sottile. Si meriterebbe almeno un *Guerra e pace* sul setto nasale!

«Ma non dici niente?» bisbiglio a Nina, anche lei appoggiata a uno scaffale a pochi passi da me. Dopo tutte le discussioni che abbiamo avuto sulla *Commedia*, mi sarei aspettata che prendesse subito le difese del signor

Alighieri. Invece la libraia è assorta, distratta. Non si volta a guardarmi né fa caso ai segni che le faccio per attirare la sua attenzione.

Da un paio di giorni, da quando anche lei è venuta a conoscenza della spiazzante abitudine che ha l'amore di farsi spesso complicato e doloroso, fatico a riconoscerla, sempre silenziosa, cupa, malinconica. Sorride a stento ai clienti che varcano la soglia e sembra addirittura sollevata, se entrano ed escono dalla libreria senza rivolgerle la parola. Anche stasera avrà mugugnato sì e no quattro frasi, mentre, di solito, per farla stare zitta devi sperare che le prenda un attacco di narcolessia.

Non mi ha confidato nulla del misterioso Andrea, il suo amichetto sposato che le ha spezzato il cuore, e sebbene il mio orgoglio da vecchia signora si sia sentito ferito, ho rispettato la sua riservatezza, evitando di fare domande. Chissà, magari temeva che l'avrei giudicata per aver lasciato Filippo a causa di un uomo che conosceva a stento.

Ah, piccola Nina, se solo tu sapessi quanto io stimi poco il tuo fidanzato!

Dal nostro primo incontro, durante uno dei tanti eventi che la libraia ama organizzare, avevo capito che non era la persona giusta per lei. E ne avevo avuto poi la terribile conferma in seguito, pochi giorni prima del mio sciagurato incidente.

Forse avrei dovuto parlarne alla mia giovane amica,

dirle quello che sapevo, anche a costo di comportarmi da pettegola e rischiare di ferirla. Forse avrebbe dovuto conoscere la verità, anche se sarebbe stata difficile da accettare. Eppure, adesso che lui sembra fuori dai giochi, sono sempre più convinta che la mia piccola omissione non sia una gran colpa, se può averle evitato un altro inutile dolore.

«Ti senti bene, tesoro?» le chiedo, sempre sottovoce, scivolando lungo la parete di libri verso di lei e sfiorandole lievemente la spalla. Si ritrae appena, come attraversata da un brivido, e si gira verso di me per un breve attimo, socchiudendo gli occhi. Fa sempre così quando ha il magone e non vuole parlarne. Poi sospira e torna a fissare il centro della sala, dove il giovane con il papillon continua il suo monologo.

«... proprio per questo motivo, *Il giovane Holden*, con una traduzione aggiornata e rivista, potrà essere apprezzato ancora di più dai nuovi lettori.»

«Continuo a non essere d'accordo sulla modernizzazione della lingua» insiste la solita ragazza scettica. «Salinger ha scritto il testo negli anni Cinquanta, quindi la traduzione dovrebbe essere vicina al linguaggio di quell'epoca per riuscire a coglierne l'atmosfera...»

Millenovecentosessantadue, questo lo ricordo bene.

L'anno in cui ho letto io *Il giovane Holden*.

Me lo sono ritrovato sul comodino dell'ospedale dopo aver partorito la mia ultima figlia, la terzogenita, la piccolina. L'aveva portato mio marito per leggiucchiarlo quando non potevo fargli compagnia, durante i miei meritati sonnellini tra una poppata e l'altra. La copertina del volume era stata un richiamo irresistibile e me ne ero impossessata senza lasciare a Domenico nemmeno il tempo di finirlo. Credo che lui non l'abbia più ripreso in mano, in seguito, e resto ancora convinta di avergli fatto un favore a rubarglielo: era un uomo da Poirot e da Holmes. Avrebbe fatto fatica ad apprezzare le scorribande del protagonista.

A pensarci bene, adesso, dopo tutta la vita trascorsa nel frattempo, riesco a ricordarne a stento la trama, che all'epoca mi piacque tantissimo.

Forse sarebbe valsa la pena di rileggerlo, questo e tanti altri libri che ho amato alla follia. Ma la rilettura è un atto di pura venerazione, che toglie tempo ad altri volumi e che va compiuto solo in caso di necessità. Una sola vita è troppo breve per dare più di un'occasione a ogni singolo romanzo.

«Grazie ancora per la disponibilità, Nina. La tua libreria è stata davvero preziosa. TU sei stata davvero preziosa, come sempre.» Il professorino, capelli rasati e sorriso ammiccante, prova a dare inizio a una danza del corteggiamento, nella quale deve aver guadagnato, negli anni, il ruolo di Primo Ballerino, ma viene fermato sul nascere dalla libraia che si è già messa a dirigere i lavori per mettere in ordine il locale.

Dopo aver fatto lunga pratica durante gli incontri con gli autori, ha imparato che, se non vuole ritrovarsi da sola a spostare e sollevare e riordinare e spazzare, deve iniziare a sistemare nell'esatto momento in cui l'evento termina, prima ancora che il pubblico abbia il tempo di salutare, infilarsi il soprabito e sparire. Deve puntare subito sul senso di colpa di chi sta andando via. Se mi vedi intenta a rassettare e non mi chiedi nemmeno se mi serve una mano, ti sentirai in colpa per avermi fatto fare tutto da sola!

Con un sorriso tirato, Nina molla al docente un paio di sedie pieghevoli e con un cenno del capo gli indica il fondo della sala: «Nel ripostiglio là dietro, grazie!».

Nel frattempo io riprendo il mio posto, finalmente libero, strofinandomi contro lo schienale con la fastidiosa sensazione che l'usurpatore ne abbia modificato la forma perfetta, che gli dava quella sua impareggiabile comodità.

Si diventa ostinati e abitudinari, da vecchi. E testardi, come me che alla mia età preferisco passare un'ora in piedi in attesa che mi venga restituito il mio scranno, invece di rassegnarmi a sedermi su una sedia qualsiasi. Non mi sento nemmeno stanca. La cocciutaggine è una fonte di energia potentissima.

Le mie compagne di lavoro me lo ripetevano sempre: «Adele, sei così *testùn* che dovresti fare la sindacalista!». Avevano ragione da vendere, quelle lì.

Ho sempre lottato per ottenere quello che pensavo mi spettasse, anche a costo di grandi sacrifici. Come quando ho deciso di lasciare gli studi per aiutare Domenico in bottega e guadagnare abbastanza per sposarci o come quando ho accettato di lasciare Ginosa per trasferisci a Milano e provare a costruire la vita che sognavamo.

Non era mica facile, in quel periodo, lasciare la Puglia per venire a faticare qui, nel grande Nord. Con le nostre valigie ingombranti tenute insieme dallo spago, sembravamo comparse di quei film in bianco e nero che trasmettono ancora qualche volta alla televisione, molto tardi, quando non restano svegli che i metronotte, i gatti e le persone con troppi ricordi.

Avevo così paura, quando ho messo piede la prima volta in corso Lodi!

Non della folla che mi circondava, del cielo più bianco che avessi mai immaginato o degli infelici cartelli NON SI FITTA AI MERIDIONALI che penzolavano accanto a quelli che offrivano camere ammobiliate. Non avevo neanche il terrore di tutte quelle automobili che sfrecciavano lungo lo stradone, anche se non ne avevo mai viste così tante tutte insieme. Quello che mi spaventava davvero era l'entusiasmo negli occhi di mio marito, il sorriso che aveva mentre scopriva tutta quella novità, la frenesia che gli prese sentendo la musica di un complessino che usciva da un locale all'angolo della piazza vicina. La sua eccitazione era la causa del mio sgomento, perché non potevo fare a meno di chiedermi se sarei stata all'altezza dei desideri tanto grandi dell'uomo che amavo.

Questo angolo di città che un tempo mi era sembrato

così distante, freddo e spaventosamente nuovo, chissà in quale preciso momento è diventato casa mia. Adesso che Domenico non c'è più e che il tempo a mia disposizione è quasi esaurito, mi sembra impossibile anche solo immaginare di vivere altrove.

«Tranquilla, vai pure, posso finire da sola.» Nina prende la scatola dalle mani di Ilaria, una cliente dalla chioma rossiccia che non perde mai una serata in libreria, e la sistema sotto la scrivania, in quel buco nero dove abbandona per settimane tutte le cose che "metto a posto dopo".

«Sei sicura? Posso fermarmi un altro po', se vuoi, così magari mi racconti qualcosa di più di questo misterioso ragazzo che ha voluto lasciarmi un libro sospeso» chiede l'altra strizzando un occhio, nel tentativo di strappare alla mia amica un sorriso e qualche pettegolezzo in più.

Ilaria è la fortunata destinataria del libro sospeso su richiesta, quello del giovane che ha messo a soqquadro il mio angolo di paradiso solo un paio di giorni fa. Da quando Nina le ha lasciato la copia con quattro parole smozzicate di spiegazione, prima dell'inizio della lezione, è entrata in fibrillazione. Per tutta la durata della discussione si è agitata sulla sedia come se fosse incandescente. Da quel poco che so di lei, che ho appreso osservandola in negozio dove passa spesso a rifornirsi di nuovi romanzi d'amore, è una di quelle donne che amano il lieto fine. E muore dalla voglia di fare il terzo grado a Nina per estorcerle anche il più piccolo particolare sulla vicenda.

A quanto pare, però, non è la serata giusta.

«Ti prometto che la prossima volta risponderò a tutte le tue domande, ma adesso proprio non posso. Sono molto stanca e domani dovrò fare una levataccia per passare in banca a parlare di...» Si ferma, come se non avesse né la voglia né la forza di sfogarsi. «Insomma, scusami, ma è ora di andare a casa.»

«Ma certo, ci mancherebbe. Lo capisco. Ne possiamo parlare quando hai più tempo e sei più tranquilla» dice la fulva, mentre la sua espressione passa rapidamente dall'entusiasmo alla delusione. «Sappi, però, che non finisce qui! Ti romperò ancora le scatole sull'argomento» aggiunge, infilando il libro nella borsa, prima di salutare e dirigersi verso l'uscita.

Fuori è buio, la strada è silenziosa e non si vede passare più nessuno, se si escludono le sagome di un paio di clienti del ristorante accanto, che fumano in fretta le loro sigarette davanti alla nostra vetrina prima di rientrare a sedersi a tavola.

Nina saluta l'ultimo avventore, che si era rintanato in un angolo a spulciare le novità e che dava quasi l'impressione di voler passare la notte nascosto tra gli scaffali, poi afferra uno dei bicchieri di carta utilizzati per il piccolo rinfresco con cui ha accolto gli ospiti e lo riempie fino all'orlo, svuotando la bottiglia di prosecco avanzata. «È vino vegano» mi ha spiegato una volta, quindi si sente autorizzata a berlo senza moderazione.

Abbassa le luci e viene ad accovacciarsi sul pavimento accanto alla mia poltrona, abbandonando la testa su un bracciolo. D'istinto le accarezzo la fronte e avverto una leggera scossa di elettricità seguita da un suo sussulto, come se volesse trasferire nella mia mano tutta la sua tensione, il suo dispiacere.

«Adele, se solo sapessi che casino ho combinato!» quasi sussurra, prima di bere un lungo sorso di bollicine, scambiandole forse per una medicina che lenisce il dolore.

«Dimmi tutto, raccontami quello che ti succede...»

Il campanello all'ingresso ci avvisa dell'arrivo di qualcuno, distraendoci dalla nostra confessione. Sbuffo, infastidita dall'interruzione, mentre Nina prova a rialzarsi in fretta da terra con una goffa manovra, per evitare di rovesciare il contenuto del bicchiere che tiene ancora in mano come una torcia olimpica.

«Posso entrare?» chiede la voce di un ragazzo sull'uscio.

«Ormai l'hai fatto, figliolo!» borbotto dal fondo della mia nicchia, sporgendomi per controllare di chi si tratta.

Impalato all'ingresso c'è un biondino belloccio dai capelli spettinati, la barba di un paio di giorni, un cappotto da marinaio che deve aver vissuto tempi migliori e una chitarra nella sua custodia, portata sulle spalle come uno zaino.

La vista dello strumento fa scattare qualcosa in me, un moto di simpatia improvviso, una calda sensazione di familiarità che non provavo da tempo, di quelle che ti assalgono quando riapri dopo chissà quanto un vecchio album di fotografie. La dodici corde del mio amore, le serenate all'Idroscalo nelle notti calde d'estate, i giri in Lambretta tenendomi stretta a lui...

«Scusa, ma siamo chiusi» afferma secca Nina, senza nemmeno l'accenno di un sorriso. Di solito, nel suo umore abituale, quando entra un viso nuovo in negozio lei si precipita ad accoglierlo neanche si trattasse di una celebrità in visita, come quella volta che ha fatto fare il tour completo a un tale che era entrato soltanto per chiederle di cambiargli della moneta per il parchimetro.

«La porta era aperta...» farfuglia il giovane imbarazzato, passandosi una mano tra la chioma ribelle. «Tu sei Nina, vero?»

In un unico sorso, la libraia svuota il bicchiere, lo accartoccia con le dita e lo tiene stretto nel pugno. «Dipende, ti devo dei soldi?» domanda ridacchiando e in quel momento mi chiedo se quello che ha appena finito sia stato davvero il primo prosecco della serata.

Fa qualche passo in direzione dello sconosciuto, scrutandolo con attenzione, poi assume una buffa espressione da interrogatorio: «Tu sei?».

«Leonardo, Leo. Sono quello della consegna...»

«Come?»

«Sì, devo portarti i libri.»

«Leonardo, non ritiriamo l'usato» strizza gli occhi fino a farli diventare due fessure e abbassa la voce, come a volergli spifferare un segreto. «Non saprei che farmene.»

Lui la fissa ancora più perplesso. È ovvio che non si aspettava un'accoglienza del genere.

«No, vedi, io sono stato contattato per portare...»

«Davvero, non sono interessata» lo interrompe. Dal tono della voce si direbbe che sta diventando quasi aggressiva. Vorrei alzarmi per farle trangugiare con la forza un paio di salatini avanzati, in modo da diluirle un po' l'alcol nel sangue. Questi giovani moderni sono così fragili che non reggono nemmeno un bicchiere di vino a stomaco vuoto!

«Aspetta! Ci sono! Hanno finalmente cambiato il corriere di zona!» aggiunge, puntando un dito minaccioso verso la punta del naso del ragazzo.

«Non sono un corriere. Io sono un musicista» risponde lui con un sorriso furbetto, e d'istinto allunga una mano dietro la schiena, a sfiorare lo strumento.

«Allora suona qualcosa, non mi hanno mai fatto una serenata in libreria su su!!!» Nina batte le mani, con inquietante entusiasmo, mentre dalla poltiglia che un tempo era un bicchiere zampilla qualche goccia. È troppo buio per coglierne la traiettoria, ma d'istinto congiungo le mani per scongiurare il pericolo della pioggia di vino sulle copertine nelle vicinanze. Ricordo di quella volta in cui una cliente ha rovesciato del vino su una pila di libri e Nina, senza scomporsi troppo, ha scritto un cartello con sopra: LIBRI UBRIACHI – 20%.

Leonardo rimane in silenzio. Forse starà pensando, come me, a come diavolo sia riuscito a finire in una commedia di Ionesco.

«Sto andando a suonare in un bistrot a due passi e sono un po' in anticipo, e visto che c'è quella faccenda della donazione...» Si gratta il mento, indeciso su come terminare la frase mentre gli occhi grandi di Nina puntati su di lui lo mettono a disagio. «Lascia perdere. A presto, allora. È stato un piacere. O almeno credo.»

Gira i tacchi e sparisce, senza dare il tempo a nessuna di noi due di aggiungere altro. La libraia fa un paio di passi verso l'uscita, tira fuori dalla tasca del lungo pullover un mazzo di chiavi e chiude la porta, sospirando.

Cala il silenzio, mentre restiamo sole nella libreria, io sprofondata nel cuscino, Nina in piedi, con le braccia conserte e quel che resta del bicchiere ancora stretto in una mano.

Da quando sono rimasta vedova, mi capita spesso di restare fino alla chiusura, dopo che la strada si è svuotata di vita e ti ricorda che sei ai confini della città.

Non voglio essere un peso per nessuno e così cerco sempre di rendermi utile come posso, sistemando i volumi sugli scaffali, girando tutte le copertine nel verso giusto o facendo scivolare, senza farmi notare, la copia di qualche testo che amo in cima a una pila di libri che – in un eccesso di buon cuore – definirei "meno belli".

Se non c'è nulla da fare, poi, mi rintano nel mio angolino a lasciare che il tempo scorra.

In fondo, anche solo starmene qui a poltrire in silenzio è meglio che restare a casa. In quel vecchio e grande appartamento, in un palazzo senza identità che ha visto tempi migliori, non c'è più nessuno ad aspettarmi, a parte le vecchie camicie di mio marito che ancora occupano un terzo dell'armadio e la mia ingombrante memoria. Mentre in libreria, sistemati sugli scaffali dalle pareti lilla, ci sono tanti amici di carta a farmi compagnia.

Nina si guarda intorno ancora una volta, per controllare che sia tutto più o meno in ordine. So che anche lei non ha nessuna voglia di tornare a casa.

Filippo ha fatto le valigie e se n'è andato e la mia piccola amica ha sempre avuto il terrore di dormire da sola. Si sveglia al minimo rumore e ha sogni agitati. Una volta mi ha anche confidato di sospettare che nel suo armadio si fosse nascosta una persona scappata di casa, di cui avevano parlato nella trasmissione *Chi L'ha Visto*?.

Vorrei infonderle coraggio, dirle che andrà tutto bene, farle sapere che ogni dolore, anche il più intenso, prima o poi svanisce, ma sono sicura che stasera non abbia voglia di ascoltare nessuna parola di conforto.

Restiamo così ancora un po' in silenzio, a luci spente, guardando passare in velocità i fari delle poche auto che si addentrano nel quartiere, in attesa che una delle due trovi la forza di dare la buonanotte ai nostri romanzi e di prendere la via di casa.

# 3

Ti lascio tutti i miei progetti,
le mie vendette e la mia età.
*Alberto Fortis*

«Ma vedrà, è un bambino buonissimo! E poi si divertirà di sicuro, in questa libreria tanto caruccia.» La signora sorride, con le labbra sapientemente dipinte e una messa in piega impeccabile. Appoggia entrambe le mani sulle spalle del piccolino e lo spinge davanti a Nina. «Vero Loris, che ti piacciono un sacco i libri e che starai tranquillo?»

«Senta, sono convinta che suo figlio sia un bambino delizioso, ma non posso tenerlo qui.»

«E perché mai?» insiste la *sciura*. «Si tratta solo di poco tempo, una mezz'ora al massimo, cosa le costa? Non se ne accorgerà neanche.»

«Ma guardi che io sto lavorando!» sbotta Nina.

Da qualche minuto sta cercando di convincere la donna che non può lasciare il suo bambino in custodia a lei, che proprio non si fa, non è una cosa ortodossa, forse addirittura illegale, ma la signora dalle unghie laccate e il profumo invadente non vuole sentire ragioni. È come discutere con una pecora.

«Hai fatto, cara?» Un uomo piuttosto elegante e dal volto abbronzato, probabilmente il padre dello sfortunato ragazzino, si affaccia ansioso nel negozio, quasi sbuffando, come se la moglie si fosse attardata a comprare mezzo chilo di pane.

«Un momento, tesoro» grida quella, melliflua. «Sto spiegando alla *signora libraia* che non ci vorrà molto.»

«Ma non può portarlo con lei, scusi?» ringhia Nina. Sono sicura che stia contenendo il suo disappunto (e le sue parolacce) solo a causa della presenza del bambino. In un'altra occasione sarebbe stata molto meno paziente. E di sicuro molto meno educata.

Ho assistito a così tanti deliranti episodi assurdi tra queste mura da aver imparato che le librerie, più di altri esercizi commerciali, riescono a trasformarsi con facilità in un ritrovo di eccentrici, anticonformisti, stravaganti e, sciaguratamente, squilibrati. Sarà a causa dei mille mondi racchiusi tra le pagine, che attirano la più varia umanità. O forse a causa del fatto che chi le gestisce, le librerie, possiede spesso una pazienza sovrumana.

Io non posso intervenire. Non posso nemmeno fiatare quando un balordo inizia a discutere con Nina.

Non posso proprio, purtroppo.

Dopo un paio di spiacevoli episodi in cui mi sono lasciata trasportare dall'uso sopravvalutato della logica, sono costretta, su invito della proprietaria, a tenermi fuori da ogni strana discussione perché, con il mio bisogno di confutare le idee sbagliate altrui correggendole, (per puro amore della verità, sia chiaro), tendo a essere troppo... a detta degli altri, eh. Tendo, appunto, a essere una di quelle che, con un certo linguaggio colorito, la gente definisce, nel migliore dei casi, rompiscatole.

«No, non è proprio possibile. Devo fare questa commissione importante... La volta scorsa sono passata e con lei c'era una deliziosa bambina, stavate colorando sedute su quelle sedioline nella zona bimbi.»

«La bambina in questione era mia nipote, ripeto: non sono una baby-sitter.»

«La prego...» sorride ancora la donna, sorniona. «Non si accorgerà nemmeno che è qui.»

«Ne dubito! Entro nel panico anche solo quando devo fare da dog-sitter!» bofonchia Nina, guardando con la coda dell'occhio il piccoletto intento a sfogliare senza troppa cura una costosa edizione del catalogo fotografico di Vivian Maier, sistemato sulla scrivania. «Non toccare quello, bambino, devo ancora registrarlo» aggiunge, sfilandoglielo con delicatezza dalle mani.

Il piccolo alza lo sguardo, sbatte le palpebre timidamente e pronuncia con un filo di voce: «Scusi, *signora libraia*» facendo sciogliere la mia amica nel più melenso dei sorrisi.

Per la madre opportunista è il segnale per la fuga.

«Perfetto, allora! Torno a recuperarlo tra mezz'ora al massimo. Non un minuto di più, prometto! Grazie,

grazie! Ciao Loris, fa' il bravo!» Pronuncia la raccomandazione tutta d'un fiato, mandando un bacio con la mano, quando ormai è già fuori dal negozio e ha raggiunto il marito sul marciapiede.

Nel tempo in cui Nina prova a pensare a una risposta per togliersi dall'impiccio, i due si sono già volatilizzati.

«Ok, Loris. A quanto pare, dovremmo trascorrere una bellissima mezz'oretta insieme» dice, scuotendo il capo e sperando, forse, che il pargolo sia ancora troppo giovane per cogliere il sarcasmo.

«Io sono bravo a colorare» esclama lui. «Sono il terzo, no, il secondo all'asilo» e mostra, orgoglioso, due dita della sua manina cicciotta.

«Ma che bravo! Sai già contare.» Ed ecco altro brodo di giuggiole sgorgarle dagli occhi.

Nina è una di quelle giovani, sempre più numerose, che sostengono di non volere a nessun costo dei figli, eppure la dolcezza nella sua voce quando parla con uno dei nanerottoli tradisce la passione per loro. Da quando poi è nata la sua nipotina, ha anche riempito un reparto intero della libreria di volumi per i piccoli.

Adora vendere quei libri. Se potesse, li farebbe leggere a tutti i suoi amici, anche agli adulti.

«Vado a vedere se ho qualcosa per te» gli dice, accarezzandogli la testa. «Vieni, siediti qui e resta fermo, mi raccomando. E non toccare niente, per favore.»

Con la coda dell'occhio sempre puntata sul bambino, si avvicina alla mia poltrona e si accovaccia per recuperare un fascicoletto da una pila sbilenca di libri sistemata in basso.

«Ma tu guarda cosa mi tocca fare!» borbotta, mentre sfila il libretto con un colpo secco, evitando di far precipitare la torre di carta. «Ah, che giornataccia!»

«Non farti il sangue amaro, tesoro. Tutto può ancora migliorare» le rispondo, sfoderando un ottimismo che in realtà non mi appartiene.

So che Nina ha bisogno di buone parole, per ricaricarsi. Fa parte di quella schiera di entusiasti della vita che riescono a vedere del buono in tutto, purché qualcuno glielo indichi.

Credo che sia stata una delle ragioni principali che mi hanno fatto affezionare a questo posto: la sensazione che, in un angolo di città in cui tutto sembra aver perso i colori, anche solo il lilla delle pareti della libreria abbia l'aspetto di una buona notizia.

«Ehi, e tu chi sei? E che ne hai fatto della mia amica?» La voce perplessa di Emma ci raggiunge dall'ingresso.

«Sono Loris, la signora libraia è lì.» Indica con l'indice la nicchia in cui ci troviamo, Nina, io, la mia poltrona e i libri da colorare.

«Grazie, Loris!» La fioraia gli sorride, ci viene incontro e quasi bisbigliando aggiunge: «Perché c'è un bambino al tuo tavolo? Se ti serve un assistente, ti consiglio di prenderne uno un po' più referenziato».

«Indovina? I genitori l'hanno parcheggiato qui mentre andavano a fare chissà che commissione».

«E tu, come sempre, non hai saputo dire di no!» Alza gli occhi al cielo. «Come te lo devo dire, Nina, che sei troppo buona? C'è sempre qualcuno pronto ad approfittarsene.»

Finalmente un po' di buon senso.

La libraia dovrebbe prendere lezioni di scaltrezza da Emma. L'ho sempre trovata simpatica, anche se da qualche tempo mi saluta a stento, un rapido sguardo alla poltrona a labbra strette e di corsa a chiacchierare con la sua amica.

Una volta ci fermavamo a scambiare qualche parola con piacere, poi i rapporti si sono raffreddati. Ho il sospetto che si sia offesa, perché un pomeriggio di qualche settimana fa l'ho costretta ad ascoltare un mio brillante monologo di disapprovazione sull'abitudine di sciogliere un'aspirina nei vasi di fiori recisi per farli durare più a lungo.

*Andemm*, sprecare così dei medicinali, quando in tanti Paesi i bambini non ricevono cure mediche!

Rompiscatole, appunto.

So benissimo che criticare il lavoro altrui non è il modo migliore per rendersi simpatico e che è buona regola tacere, se non si hanno cose carine da dire. A mia discolpa, però, va detto che ho passato innumerevoli pomeriggi davanti alla televisione a guardare inchieste catastrofiche, servizi di telegiornali senza un briciolo di speranza e chiassosi dibattiti su morbosi casi di cronaca, studiati *ad hoc* per alimentare sensi di colpa e fobie. È il passatempo preferito di noi anziani. Quindi, in un certo senso, sono geneticamente programmata, in quanto vecchia, a essere pedante e fastidiosa come un disco rotto su certi argomenti.

Ah, povera me, punita per aver espresso opinioni giuste e condivisibili nel momento sbagliato e, forse (perché voglio concedere il beneficio del dubbio), nel modo sbagliato!

Sono un'incompresa, anche se ho ragione.

Perché io ho ragione.

«... e ciliegina sulla torta, rischio di perdere il fido.» Nina sta aggiornando Emma sul suo incontro di poco prima con il consulente della banca. A quanto pare non ha ricevuto buone notizie.

Passato l'entusiasmo dei primi anni, comincia forse a rendersi conto di una realtà deprimente: che consigliare, sfogliare, selezionare, leggere e vendere libri non ti rende ricco, se non nello spirito. E anche in quel caso, solo se leggi i libri giusti.

«Per non parlare del fatto che senza l'aiuto economico di Filippo, tra casa e negozio mi ritroverò a breve sepolta dai debiti.»

«Adesso sei preoccupata, lo capisco. Ma se sentivi di non poter più stare con lui, hai fatto bene a lasciarlo» commenta la fioraia.

Mia cognata, ottantasette anni e una salute di ferro, sostiene che i giovani di oggi sono così ossessionati dalla ricerca dell'anima gemella da sottovalutare quanto la vita di coppia sia un ottimo modo per dividere le spese. Si lasciano al primo dubbio, perché non c'è nulla di pragmatico nelle loro relazioni. L'amore deve essere assoluto e senza compromessi.

Per noi era diverso: quasi sempre si stava insieme perché si doveva stare insieme. E non era necessariamente sbagliato. Ho avuto, ad esempio, molti amici che hanno vissuto decenni di matrimoni infelici riuscendo sempre però a far quadrare i conti. Con questi chiari di luna, non è mica una cosa da poco!

In realtà, per quanto io venga da una generazione che sta ormai sparendo, capisco il desiderio di Nina e dei suoi amici di ambire alla massima felicità, soprattutto nelle relazioni.

È la più lecita delle aspirazioni e quasi sempre la più frustrante.

«Be', ma ci sarà pure una soluzione, no?» chiede Emma, mordicchiandosi un dito nervosamente.

«Sposare un milionario?»

«Uhm, cerchiamo di pensare anche a un piano B.»

«Lotteria?»

«Ottimo... o magari, perché no, piantare tre monete e aspettare che cresca l'albero dei soldi.»

«La fatina dei denti ha portato cinque euro a mio cugino» dice Loris, sollevando per un momento la testa dall'album e riprendendo a colorare subito dopo. «Ha comprato le figurine e il gelato.»

«Che bella idea! Devi solo farti cadere tutti i denti ed è fatta» ride Emma.

«Avrei dovuto farli cadere ad Andrea» risponde Nina, con la voce piena di collera. «Magari con un bel cazzotto.»

Dopo averla corteggiata con insistenza per mesi, a furia di citazioni di libri (che magari non aveva nemmeno letto), quel ragazzo era riuscito a sedurla e a farla allontanare sempre di più da Filippo. Le aveva omesso, però, di essere un uomo sposato in cerca soltanto di qualche allegra avventura. In pratica, la poverina aveva cominciato a frequentare non un uomo, ma un cliché.

«Non serve arrabbiarti così» dico io.

«La rabbia è un buon punto di partenza» ribatte la fioraia, quasi contemporaneamente, coprendo così la mia voce. E con la mia quella della ragione.

Le mette le braccia intorno al collo e la stringe a sé. È più alta di Nina di quasi venti centimetri e le tiene la testa sul petto per un lungo momento, appannandole gli occhiali.

Mentre le osservo, noto una lacrima che scivola veloce lungo la guancia della libraia. È evidente che, da giorni, combatte contro l'istinto di scoppiare in un pianto a dirotto in ogni momento.

Sta cercando di essere forte, di essere adulta. Forse dovrei farle sapere che uno dei modi più efficaci per superare le sofferenze d'amore è proprio sfogarsi fino a esaurire le lacrime.

L'ho letto anni fa in una rivista consunta, mentre ero dal parrucchiere, e mi è sembrata una verità illuminante. Una volta dissolto tutto il dolore, non puoi fare altro che ricominciare a stare bene, no?

«Sono stata una cretina! Ma te l'ho già detto. Forse questa frase dovrebbe diventare il mio prossimo tatuaggio.» Nina si stacca lentamente dall'amica e si asciuga il viso con il palmo della mano.

«Smettila di accusarti! Quando si tratta di sentimenti, nessuno è stupido o scaltro. C'è solo chi è innamorato e chi no.»

Vorrei poter dire la mia, sull'argomento, ma mi rendo conto che, nonostante l'età di Matusalemme, sono una novellina in fatto di amore.

Non nel senso che abbia amato poco: al contrario! Sessant'anni di matrimonio non sono mica una passeggiata. È solo che io ho avuto un unico compagno per tutta la vita. Uno solo. Nessuna scappatella, nessun colpo di testa, nessun ripensamento. Mio marito Domenico e basta, il primo e l'ultimo.

E un solo uomo non fa davvero statistica.

«Ti sei fatta grande, Adele! Quasi non ti riconoscevo» mi aveva detto quando avevo solo quindici anni, incontrandomi una sera a passeggio sul corso, in una delle rare uscite serali che mio padre mi accordava, sempre scortata dai miei fratelli.

«Non è vero, sono sempre uguale» avevo risposto, sentendo le guance e i lobi delle orecchie diventare incandescenti.

Era sempre stato bello, Domenico, come un attore, così diverso dagli altri scalcagnati amici dei miei fratelli. Era tornato qualche giorno al paese in licenza militare e tutte le ragazze gli giravano attorno, come lupi famelici.

«Sei diventata una bellissima ragazza» mi disse, allungandomi la bottiglia di soda che reggeva tra le mani e invitandomi a bere un sorso.

«Adulatore! Secondo me lo dici a tutte» ricordo che gli sussurrai, con una sfacciataggine di cui non mi credevo capace. «Sei fortunato che Vincenzino da qua non può sentirti.»

Vincenzo era il maggiore dei miei fratelli. Lui e Domenico avevano fatto le scuole dell'obbligo insieme ed erano diventati inseparabili. Sempre in coppia, dovunque andassero, fino alla chiamata per la leva. Il mio futuro marito era stato spedito a Firenze e mio fratello, quella volpe, era stato rimandato a casa.

Riformato perché senza qualche rotella.

Aveva sempre detto a mia madre che, piuttosto che fare il soldato, sarebbe impazzito, così, quando è stato il momento, ha mantenuto la parola.

Durante la visita medica ha iniziato a parlare da solo, a ridere senza motivo, a contorcersi sulla sedia come se avesse il diavolo nelle budella, ma i dottori, che di finti pazzi e di veri furbi ne vedevano a dozzine tutti i giorni, non si sono lasciati abbindolare. Così, considerata la sua insistenza, hanno deciso di metterlo alla prova lasciandolo una giornata intera in una stanza dell'obitorio, per vedere se la compagnia prolungata di qualche cadavere fresco fresco gli avrebbe fatto passare la voglia di fare lo scemo. Vincenzino non si è perso d'animo e si è messo a chiacchierare e scherzare anche con i signori defunti, li ha sistemati in circolo, provando a farli sedere alla bell'e meglio, litigando con il *rigor mortis*, e ha intavolato un'interessante discussione sulla partita di pallone della domenica precedente. La sera è tornato a casa tutto contento, sventolando in aria una lettera che diceva che era *inabile*. È stata la prima e l'ultima volta che l'ho visto sorridere per essere stato considerato incapace di fare qualcosa. Era un tipo davvero permaloso, mio fratello.

«Se non dovessi tornare a Firenze, chiederei a tuo padre di poterti rivedere. Ti porterei a ballare o a prendere un gelato. Ti piacerebbe?»

«Me lo stai proponendo solo perché devi ripartire. Magari a Firenze hai già la ragazza da portare a ballare.»

«Sei gelosa?» aveva chiesto, sorridendo in un modo così speciale che le mie gambe si erano fatte gelatina.

«Gelosa io? Per niente! E che mi importa di te!» avevo gridato, girando dall'altra parte il viso arrossato per non sostenere il suo sguardo.

«Va bene, Adelina. Adesso non ti importa di me» aveva aggiunto allora lui, trasformandomi in una novella

Lady Chatterley con il solo tocco leggero di un dito sul mio braccio nudo. «Ma spero che tra due mesi, quando mi congederò, mi vorrai almeno un po' di bene. Perché ci verrò davvero a parlare con tuo padre. Tieniti pronta.»

Il suono di un clacson mi riporta al presente. Sono ferma al grande semaforo del piazzale, tra una folla di volti che fatico a mettere a fuoco. Dozzine di macchine rumorose scorrono ammassate sul cavalcavia, tra file tutte uguali di condomìni sporchi di smog, supermercati cinesi e bancarelle, negozi di telefonia e pizzerie d'asporto, bar dall'aspetto decadente e farmacie sempre affollate. Non ricordo di aver camminato fino a qui. Dovevo essere sovrappensiero.

A dirla tutta, non ricordo nemmeno l'ultima volta che ho messo piede fuori dalla libreria. È come se ormai l'unica vita per me che abbia senso di esistere sia quella tra gli scaffali dei libri.

Non sento i piedi muoversi, è come se il mio corpo fluttuasse, andasse avanti da solo, per inerzia, spinto dall'abitudine della strada verso casa. Poi, di colpo, mi fermo e sono davanti al cancello arrugginito di un palazzo che conosco bene. Appoggio le mani alle grate e sbircio dentro, nel cortile pieno di biciclette e bidoni della spazzatura. Al primo piano di questa casa di ringhiera, con i ballatoi in comune e la promiscuità di tante vite mescolate in spazi ristretti, Domenico e io abbiamo vissuto i primi anni in città, abbiamo fatto progetti, abbiamo pianto, riso, alzato la voce, cenato con la finestra aperta, nascosto i risparmi sotto una mattonella al lato del letto, concepito le nostre prime figlie, le gemelle, Maria e Rosa.

Guardo quello spazio che è rimasto in piedi senza di noi, diventato familiare per tante altre persone che non conoscerò mai, e sento gli occhi inumidirsi. E sorrido di quello che sono diventata, una vecchia signora malinconica che percorre il viale dei ricordi.

Una donna esce dal portone, quasi travolgendomi, mentre parla ad alta voce al telefono; un furgone strombazza bloccato da un'auto in doppia fila; una coppia di ragazzini sfreccia in motorino a pochi centimetri dalle mie scarpe e mi viene voglia di tornare subito da Nina, sulla mia poltrona.

Mentre faccio la strada a ritroso, mi stropiccio gli occhi che, forse per la troppa luce a cui non sono più abituati, hanno iniziato a fare cilecca.

Stamattina, dalla vetrina, avevo notato che splendeva il sole e il cielo aveva tratti inaspettati di azzurro. Inaspettati per Milano, perché, anche se sono sempre più frequenti in città, non ci abituiamo mai alle belle giornate limpide. È come se sentissimo di non meritarcele e, quando accadono, non facciamo altro che farlo notare gli uni agli altri, cercando quasi una conferma.

«Hai visto che bella giornata, oggi?»

«Hai visto che sole?»

Ma adesso, immobile sulle mie gambe vecchie a

questo rumoroso incrocio, è come se non riuscissi a riconoscere i colori e intorno, da ogni lato, il mio quartiere avesse assunto tutte le sfumature del nero e del bianco. Per non parlare di quelle del grigio.

È ora di tornare dai miei libri.

Quando rimetto piede nel negozio, trovo Nina ed Emma sedute di spalle sul pavimento, davanti a due cartoni della pizza, e il piccolo Loris alla poltrona, con un tovagliolo di carta al collo, che azzanna un trancio di margherita con il rischio di macchiare i braccioli.

Ti prego, piccolino, fa' attenzione!

«Non dovevano venire a prenderlo dopo mezz'ora?» chiedo, senza sapere nemmeno quanto tempo ho passato a gironzolare in giro.

La porta d'ingresso sbatte d'improvviso e ci giriamo tutti con il cuore in gola.

«Buongiorno, *habibi*, ti sono mancato?»

«Di' la verità, Karim: il tuo obiettivo è spaccarmi la vetrina? Perché questa volta ci sei andato molto vicino!» Nina si pulisce le mani inzaccherate di pomodoro con un fazzoletto e poi si alza per andare incontro al corriere.

L'uomo avanza nel negozio, giubbotto catarifrangente sopra la divisa e fronte imperlata di sudore, reggendo con le sue mani grandi una quantità considerevole di pacchi, pacchetti e plichi.

«Scusa, Nina, ma ricevi troppa posta. Hai troppi ammiratori!»

«Come no! Uno in ogni casa editrice. Poi ne ho altri all'azienda della luce, all'Agenzia delle Entrate, e anche nell'ufficio delle amministrazioni condominiali. Loro mi mandano un sacco di lettere.»

Fa segno a Karim di lasciare tutto sulla scrivania, così la già immensa quantità di posta inevasa, di scartoffie e documenti, che attendevano con pazienza il loro turno, viene sepolta da altra carta che "poi sistemo da qualche parte".

Se solo la libraia mi permettesse di mettere in ordine il suo tavolo di lavoro! Ma quello spazio è sempre stato proibito, perché sostiene che quando io rassetto tutto, lei poi non trova più niente.

«Metti una firma qui, grazie» le dice Karim, porgendole un piccolo aggeggio elettronico con una penna senza punta sul quale lei traccia uno scarabocchio che dovrebbe essere il suo nome e cognome. «E sorridi, che sei molto bella!»

Nina non se lo lascia ripetere due volte e gli mostra una fila di denti bianchissimi. I complimenti la mettono subito di buon umore.

«Oooh, molto meglio adesso. Allora, nemmeno oggi vuoi sposarmi?»

Emma ridacchia: «Se Karim è milionario, abbiamo risolto tutti i tuoi problemi!».

«Non sono ricco, bellissima, ma posso trattarti come una regina! Puoi chiederlo a mia moglie» si sganascia, trovandosi divertente. Il Woody Allen degli spedizionieri.

Il sorriso di Nina si trasforma in una smorfia, al ricordo della recente ferita inflittale dal marito fedifrago. Non ha proprio voglia di scherzare sull'infedeltà maschile.

«Karim, è meglio che tu vada adesso» suggerisco, temendo che la libraia voglia dare a lui tutti i cazzotti tenuti in serbo per Andrea.

Non faccio in tempo ad aggiungere altro, che due giovani entrano timidi nella libreria.

«Buongiorno, è permesso?»

Nina congeda con un cenno di saluto lo spiritoso fattorino, che sparisce ignaro di aver rischiato i connotati, e fa accomodare i due ragazzi.

«Certo, venite pure. Posso aiutarvi?»

«Volevamo solo dare un'occhiata» risponde uno dei due, magro e dalla faccia pulita.

Una volta, una donna è entrata dicendo la stessa cosa. Ha lanciato uno sguardo in giro e tre secondi dopo ha preso la porta ed è uscita. Mi è rimasta impressa. Magari lo faceva come passatempo, "dare occhiate" ai negozi.

Mentre i due si mettono a spulciare gli scaffali, Emma raccoglie i cartoni della pizza e i rifiuti e aiuta Loris a pulirsi le mani. Ho il terrore di avvicinarmi alla poltrona e scoprire, sulla sua superficie tanto cara, qualche patacca fresca.

«Credi che te l'abbiano affidato per sempre?» chiede Emma, controllando l'orologio. «Tra un po' devo correre a dare il cambio a mia sorella, in bottega. Posso lasciarti da sola o hai bisogno di aiuto?»

Tossisco, nel tentativo di ricordarle che sono qui, di fronte a lei. Vecchia, ma ancora in grado di dare una mano, quando serve.

«Va', non preoccuparti. Prima o poi verranno a riprenderlo. Spero» bisbiglia, cercando di non farsi sentire dal bambino.

In quel preciso momento, quasi come se fosse stata evocata da un incantesimo, la madre strega varca la soglia, senza alcuna premura, seguita dal marito carico di sacchetti di negozi.

Nina sgrana gli occhi, incapace di credere a quello che vede. Si è dovuta improvvisare baby-sitter per permettere all'arpia di fare le sue compere in tranquillità?

«È durata più del previsto la sua commissione...» scandisce ogni parola con lentezza, cercando di esprimere tutto il suo disappunto.

«Uh, non me ne parli! Una fila! Per fortuna, tutto è andato per il meglio» risponde quella, senza dare peso al tono di voce quasi minaccioso dell'altra. «Su, Loris, sbrigati che andiamo» dice al piccolino che era tornato a colorare il suo libro.

«Ho mangiato la pizza» le comunica lui, senza battere ciglio, restando seduto. Dev'essere abituato a essere sbolognato a sconosciuti.

La madre storce il naso. «Era meglio chiedere a me, prima di prenderti del cibo. Con tutte queste porcherie che mettono negli alimenti» borbotta, mentre afferra il piccolo per un polso e gli fa fare il giro della scrivania. «Ma sono sicura che la signora libraia pensava che fosse una cosa carina.»

Nina stringe i pugni ed Emma le mette una mano sulla spalla per calmarla, prima di prendere la parola.

«La *signora libraia* doveva pranzare, e suo figlio era con lei da due ore.»

La donna apre la bocca per rispondere, ma dopo aver osservato la fioraia, braccia conserte e occhi di fuoco, più alta di lei nonostante i tacchi a spillo, decide di serrare le labbra e tacere.

Loris si divincola dalla presa materna e corre ad abbracciare Nina.

«Grazie per il libro dei colori, lo posso tenere?»

Lei gli infila una mano tra i capelli e glieli arruffa un po'. Sono sicura che sta pensando la stessa cosa che penso io: quella donna orribile non merita un figlio tanto gentile.

«Tienilo, te lo regalo.»

«Non esiste!» interviene il padre, che fino a un attimo prima sembrava avere meno vitalità di una mummia. «Il libro vorrei pagarlo.»

«Lasci stare» gli risponde Nina, guardandolo con disprezzo. «Non è necessario.»

«Figuriamoci!» fa lui, tirando fuori un portafogli gonfio di banconote dalla giacca. «Non vorrà mica credere che ci stiamo approfittando di lei! Quant'è?»

«Tre euro e novanta.»

Emma non riesce a trattenere una risata. «Be', allora siete pari, adesso.»

L'uomo non si scompone e allunga una banconota da cinquanta a Nina. «Può cambiarmela, cortesemente?»

Se non rischiassi di perdere per sempre l'uso di un'anca, sarebbe il momento perfetto per un calcio nel sedere.

Nina lo fissa senza muovere un muscolo e lui d'istinto fa un passo indietro.

«Va bene» borbotta, mentre cerca nella tasca dei calzoni qualche monetina. «Quattro. Tenga pure il resto» le dice, allungando la mano.

Immobile, Nina potrebbe incenerirlo con lo sguardo. Lui si allunga, poggia le monete sul tavolo e indietreggia nuovamente. «Ecco. Allora noi andiamo.» Recupera i sacchetti che aveva lasciato sul pavimento e corre verso l'uscita, seguito dalla moglie con il capo chino e Loris che saluta agitando una mano.

Restiamo a fissare la porta, incredule.

«Non penso che li rivedremo presto» sentenzio.

«Avremmo potuto venderlo, il piccolino, e risolvere i tuoi problemi economici» dice Emma.

«Scema!» Nina accenna un sorriso e scrolla le spalle, come per lasciare scivolare via la sensazione sgradevole che ha addosso.

«Potresti iniziare a tenere dei corsi di autocontrollo» continua l'amica. «Sei davvero brava a non esplodere.

Sono convinta che avresti un grande successo. Si iscriverebbero da tutta Italia.»

«Ho il sospetto che dovrò farmi venire qualche idea più brillante di "come non spaccare la faccia al prossimo" per fare i soldi.»

«Ehm, scusi.» Il ragazzo magro che era entrato poco prima con un amico si avvicina. «Posso farle una domanda?»

«Certo, dimmi...» Nina sospira, sconsolata. Considerato l'esordio della giornata, si aspetta di tutto. Cosa vorrà sapere costui? Se può lavargli la macchina? Se il ristorante accanto accetta il bancomat? Se può prendere in prestito un volume e riportarlo dopo averlo letto?

«È qui che si possono acquistare libri da lasciare in regalo al cliente successivo? Ne abbiamo sentito parlare e, insomma, volevamo sapere come si fa a partecipare.»

Sul volto della libraia torna la luce: «Sì, è questo il posto. Sono io che ho dato inizio al libro sospeso».

Emma batte le mani ed esulta: «Come abbiamo fatto a non pensarci prima? È perfetto!». Afferra la borsa e ci scava dentro per cercare il telefono. «Dov'è? Sono sicura di averlo registrato» dice scorrendo la rubrica a una velocità sorprendente per un dinosauro come me.

«Va tutto bene?» le chiede Nina, perplessa.

«Tutto benissimo» risponde, strizzandole l'occhio, mentre fa partire una chiamata e appoggia l'aggeggio all'orecchio in attesa della risposta. «E scusa per non aver capito subito che sei tu, la mia *amica geniale*.»

Le Centre d'Études Les Anciens Remèdes présente

# LES LUNDIS DES ANCIENS REMÈDES

**06 FÉVR** — **SAGESSES ANCIENNES ET PROMESSES D'AVENIR**
par HENRI ARMAND

**06 MARS** — **LE TEMPS DES FEMMES SOIRÉE POUR LA FÊTE DES FEMMES**
par CAROLE COURTHOUD

**03 AVR** — **PLANTES MÉDICINALES DANS MON JARDIN**
par CRISTINA FAORO

**08 MAI** — **MAMAN NATURE SOIRÉE POUR LA FÊTE DES MÈRES**
par ANNIE VOUT

| **HORAIRE** | **ENTRÉE** |
| --- | --- |
| À PARTIR DE 18 H | 6 € (4 € ASSOCIÉS) |

**RÉSERVATION OBLIGATOIRE**

333 3589863 ou info@anciensremedesjovencan.it

Maison des Anciens Remèdes - 29, Hameau Les Adam
11020 JOVENÇAN (AO)
*www.anciensremedesjovencan.it*

CENTRE D'ÉTUDES LES ANCIENS REMÈDES JOVENÇAN

# ATELIERS POUR ADULTES

**11 FÉVR** — **CRÉATION EN CÉRAMIQUE POUR LA SAINT-VALENTIN**
par SILVIA FIORE

**18 FÉVR** — **SE RÉGÉNÉRER EN DOUCEUR POUR JOUÏR DE L'HIVER**
par ANNIE VOUT

**27 MAI** — **AU COEUR DU SOIN, PASSAGE À L'ÉTÉ**
par CAROLE COURTHOUD

# ATELIERS POUR ENFANTS

DE 6 À 12 ANS

**MASQUE BOTANIQUE POUR CARNAVAL** — **04 FÉVR**
par JOSETTE CLOS

**OEUFS DÉCORÉS AVEC LES COULEURS NATURELLES** — **01 AVR**
par ILARIA BRUNET

**MON COEUR FLEURI POUR MAMAN** — **13 MAI**
par JOSETTE CLOS

**HORAIRE**

de 14h30 à 16h30

**ENTRÉE**

Enfants: 8 € (6 € associés)
Adultes: 18 € (16 € associés)

**RÉSERVATION OBLIGATOIRE**

333 3589863 ou info@anciensremedesjovencan.it

Maison des Anciens Remèdes - 29, Hameau Les Adam
11020 JOVENÇAN (AO)
*www.anciensremedesjovencan.it*

# 4

Eppure in questo posto impossibile
tu mi hai detto «ti amo»
io ti ho detto «ti amo».
*Memo Remigi*

Molti anni prima, davanti all'ingresso operai del Tecnomasio Italiano Brown Boveri in via Sannio, il colonnello Aureliano Buendía si distraeva dalla morte imminente per mano di un plotone d'esecuzione ricordando un remoto pomeriggio in cui suo padre l'aveva condotto a conoscere il ghiaccio.

Seduta sulla Lambretta, parcheggiata sul lato opposto della strada, in attesa di Domenico, sfogliavo rapita le pagine del romanzo senza prestare attenzione all'esiguo drappello di studenti e lavoratori che distribuivano volantini ciclostilati ai passanti.

In quei giorni di quasi primavera, i giovani avevano convinto tutti, compresi coloro non più tanto giovani, che era giunto il momento di rivendicare.

Pretendere l'inalienabile, esigere l'irrinunciabile.

Chiedevano rinnovi contrattuali, adeguamenti salariali, meno ore di lavoro, pensioni, case, servizi. Dignità. Per tanto tempo hanno continuato soprattutto a chiedere dignità.

Alla fine degli anni Sessanta mio marito e io avevamo un piccolo e confortevole appartamento in affitto, figli e risparmi (pochi), conquistati con impegno, meticolosità, uno spirito di sacrificio spesso eccessivo, ereditato dalle nostre famiglie contadine, e un'incrollabile fiducia nel futuro, che ci aveva fatti andare sempre avanti, nonostante le difficoltà accidentali, senza lasciarci mai il tempo di voltare la testa per dare un rapido sguardo al lungo pezzo di strada lasciato alle nostre spalle.

Per quanto già adulti, in un'epoca in cui i trent'anni erano sinonimo di responsabilità e giudizio, sentivamo ardere in noi il desiderio di cambiare le cose, di fare la differenza. Nell'aria polverosa della nostra città d'adozione si respirava il cambiamento, la rivolta, la fine imminente di un lungo, lunghissimo periodo di sopraffazione e disuguaglianza che non aveva ormai più ragione di esistere.

Mentre giù al paese i miei fratelli litigavano su come dividersi fino all'ultimo centimetro le terre e gli olivi lasciati da mio padre, morto con le mani piene di calli e senza aver mai baciato i figli, per "non perdere il loro rispetto", noi cercavamo di costruire per le nostre bambine un mondo che non avevamo avuto, ma che sentivamo di meritare.

Domenico si era appassionato subito, con il suo impeto irrequieto, alla causa delle proteste operaie e, sebbene da un paio di anni lavorasse in un piccolo laboratorio di sartoria, gestito dal cugino paterno che ci aveva accolti nei nostri primi giorni milanesi, e non fosse più obbligato alla catena di montaggio, ai turni sfiancanti e al lavoro faticoso delle migliaia di persone che animavano l'azienda, costruendo come api operose i solidi vagoni dei treni e dei tram, sentiva tuttavia di condividere con i suoi ex colleghi un destino più grande.

Nei fine settimana, prendeva la motoretta e percorreva la città per parlare, decidere, scrivere proclami, organizzare manifestazioni, discutere con persone e incontrare personalità. Io lo seguivo quando potevo, meno *pasionaria* di quanto avrei desiderato, tenuta da lui il più possibile al margine della protesta, che iniziava a diventare troppo violenta per una donna che restava pur sempre una madre di famiglia.

Nei giorni di lunghe attese, all'inizio dell'impegno attivo, nei momenti in cui non era richiesto il mio contributo, facevo visita ai miei amici a Macondo, mi appassionavo alla chiaroveggenza e sopravvivevo a dosi massicce di stricnina sciolte nel caffè.

È stato dopo aver conosciuto quell'uomo immenso, che per noi intimi era soltanto Gabo, che ho capito che avrei tanto desiderato tornare a studiare.

«Zia, vado a fare la pipì!» Asia, la seienne nipote di

Nina, corre fino alla porta in fondo al negozio, tenendo stretto tra le mani il lembo del suo vestitino rosa.

«Vuoi che ti accompagni?» le chiede la zia, sollevando per un momento la testa dal registratore di cassa.

«Sono grande, faccio da sola!» risponde orgogliosa, prima di infilarsi nel bagno.

Per la libraia, la piccola dai capelli castani e le fossette sulle guance è molto simile a un antidepressivo, di quelli potenti e dall'efficacia immediata. Da quando ha messo piede nel locale, poco prima di pranzo, Nina ha interrotto di colpo i sospiri così frequenti degli ultimi giorni, non è rimasta imbambolata a guardare per ore fuori dalla vetrina in attesa di chissà cosa e – *Deo gratias!* – non ha lasciato che la radio suonasse nemmeno una volta quella canzone tristissima che ascolta in continuazione da giorni. Sarei curiosa di imparare l'inglese solo per capire cosa racconta di così struggente da renderla una perfetta colonna sonora per le delusioni d'amore.

Asia torna con le mani umide, che deve aver lavato diligentemente come le è stato insegnato, e si avvicina alla scrivania.

«Sono pulite» dice mostrando i palmi. «Posso darti un bacio lilla, adesso?»

Nina annuisce, sorridendo complice a una cliente che osserva la scena, e la bambina si avvicina a una parete, la tocca con un dito, quasi a voler intingere il polpastrello nel colore, e poi se lo passa sulla labbra, come un rossetto. Con la bocca dipinta dall'immaginazione, torna poi dalla zia e le stampa un bacio dolcissimo su uno zigomo.

Ho visto più marmocchi negli ultimi giorni che negli ultimi dieci anni. Forse, se ne avessi frequentato qualcuno quando ho cominciato a invecchiare sul serio, sarei diventata meno burbera.

«Che bella bambina!» esclama la cliente porgendo un libro a Nina, per pagare.

«Ah, *Cent'anni di solitudine*, un classico!» commenta la libraia.

«Era lì, sopra una pila di altri romanzi e mi sono resa conto di non averlo mai letto. Fai bene a tenere in bella vista anche titoli che non sono novità, è un'idea stimolante, complimenti!»

Nina si morde le labbra, cercando di capire come la copia, normalmente relegata in un reparto più defilato, si sia teletrasportata all'ingresso, sulla mensola delle novità.

«Adele mi ha raccontato di averlo letto almeno tre volte» e io cerco di mascherare un risolino allegro, felice di aver pilotato la scelta di un lettore indeciso.

Molti di loro entrano senza sapere cosa stanno cercando, a caccia magari di una suggestione, di un richiamo, di una copertina attraente o una quarta intrigante. Io li aiuto a selezionare, facendo scivolare di soppiatto sotto i loro occhi qualche storia che dovrebbero assolutamente leggere. Non do consigli, non direttamente.

Ho scoperto che esiste un tipo specifico di frequentatore delle librerie che non ama che gli si dica quale lettura è più indicata e quale meno. Vuole arrivarci da solo, sicuro di possedere un grande istinto. Devi giocare d'astuzia, con questi cacciatori di pagine, perché con un solo suggerimento sbagliato rischi di perderli per sempre. Ma se il libro finisce spontaneamente tra le loro mani, è tutta un'altra faccenda.

Così, da tempo sposto qualche copia del *Barone rampante* tra i libri fantasy, un *Orgoglio e pregiudizio* qui, una *Lolita* là, un po' di Hemingway, del Camus, tanto per gradire, e Gibran senza moderazione, perché lui incontra sempre approvazione.

Nessuno si è mai lamentato di un acquisto. Anche perché, grazie alla mia scaltrezza, i soli responsabili della preferenza sono i lettori stessi.

Un uomo in doppiopetto rimane sulla soglia e fissa tutt'intorno, quasi a voler essere sicuro di essere entrato nel posto giusto.

«Va' pure a giocare di là» dice Nina alla piccola, lasciandole uno di quei bei libri animati, *poppap* mi pare li chiamino adesso, quelli che chiusi sembrano normali, ma ad aprirli saltano fuori mondi e personaggi e ci trovi leoni, foreste, castelli, alberi o draghi.

Lei si avvicina di corsa alla mia poltrona, il libro stretto al petto, quasi a volermi saltare al collo, però si ferma a un passo da me, diventa seria e mi fissa a lungo con i suoi occhi da cerbiatta. È come se mi vedesse per la prima volta, come se non si aspettasse di trovarmi lì.

«Non ti preoccupare, Asia» mi rivolgo a lei, affabile. «Sono una vecchia signora, ma non devi avere paura.»

Sbatte le palpebre un paio di volte e spalanca la bocca, cercando forse qualche parola da dire che non le viene proprio in mente. Resta così per un momento e poi sorride, appoggia il libro sulle mie ginocchia e comincia a sfogliarlo, allegra.

«Posso esserle d'aiuto?»

L'uomo è ancora fermo sulla porta a guardare a destra e sinistra. È la prima volta che vedo qualcuno osservare questi trenta metri quadrati come se fossero la Cappella Sistina.

«Se ha bisogno di aiuto sono qui» insiste Nina.

«Sì, forse lei può darmi una mano» dice quello, tornando sul pianeta Terra. «Ho appena comprato casa a mio figlio...»

Fa una pausa e la fissa. Che stia aspettando le congratulazioni?

«Sa, lui è un uomo d'affari, sempre in giro, una persona importante...»

Altra pausa. Nina incrocia le braccia nel classico atteggiamento da "allora, vogliamo arrivare al dunque?".

«Bene, in salotto ha questo bel mobile a scaffali fatto su misura, un gran pezzo d'artigianato, mi creda, ci è costato una fortuna. Occupa tutta la parete e siamo alla ricerca... Insomma, io lo sono, perché mio figlio è sempre in viaggio, ha cose importanti a cui pensare. Ecco, sono alla ricerca di libri per riempire la sua libreria.»

La mia giovane amica sorride, con l'espressione beata di chi si rende conto di avere appena vinto al Lotto. Sicuramente una vendita del genere potrà risollevare l'economia del negozio, dopo i magri incassi di tutto il mese appena trascorso.

«Ottimo! È venuto nel posto giusto allora. Se mi dà qualche indizio sui gusti di suo figlio, posso dirle su cosa orientarsi. La scelta è vastissima.»

«Mah, guardi, direi che vanno bene libri grossi.»

«Intende impegnati? Importanti? O storie corpose, come *I pilastri della Terra* di Ken Follett?»

«No, senta. A me non interessa l'autore. Mio figlio non legge. Troppo impegnato. Volevo sapere se avevate, che ne so, fondi di magazzino di cui vorreste liberarvi. Magari quei bei libroni di una volta.»

Nina scrolla la testa. «Può ripetere, scusi?»

«Non avete libri, anche usati da regalarmi? Quelli che nessuno vuole più.»

Il cliente del giorno, signori! Avevamo quasi temuto non si presentasse.

«Purtroppo, e mi rincresce davvero, mi creda, non posso proprio regalarle dei libri. Vede, io li vendo. È proprio questo il mio lavoro. Non prestigioso come quello di suo figlio, ovviamente.»

«Va bene, ma si metta nei miei panni. Io gli ho proposto di cercare quelle scatole vuote che hanno le finte copertine disegnate su. Le mettiamo sugli scaffali ed è fatta. Ma lui no, lui vuole libri veri. Dice che arredano di più, come il legno sul pavimento. Io ci provo ad aiutarlo. E mi creda, faccio un favore anche a lei. Ormai la gente non ha tempo per leggere, glielo dico sinceramente. Di sicuro avrà un sacco di prodotto invenduto di cui vuole sbarazzarsi e io glielo posso portare via gratis.»

... sette, otto, nove, dieci.

Nina lascia passare dieci secondi esatti, prima di rispondere, per evitare di insultare il padre premuroso. C'è Asia in negozio e non vuole farla assistere a una sfuriata epica che ricorderebbe per gli anni a seguire.

«Le ripeto, non ho libri di cui disfarmi.»

«Cercavo di darle una mano» dice quello, probabilmente convinto di essere utile alla comunità, riempiendo la casa della sua progenie di scarti letterari.

«Torni pure se dovesse avere bisogno di un libro da leggere, magari.» La libraia gli indica la porta alle sue spalle, dalla quale si è allontanato soltanto di pochi centimetri. Deve essere così poco avvezzo alla letteratura da avere il terrore che qualche strano morbo lo contagi.

Lui fissa ancora per un attimo le pareti, quasi assorto, poi volta le spalle e sparisce, senza nemmeno salutare.

«Tutti a me capitano! Cosa ho fatto di male?» Nina alza gli occhi al cielo.

Si massaggia le tempie, quasi a bloccare sul nascere

quel fastidioso mal di testa che le viene quando si ritrova a sostenere discussioni senza senso.

«Mi racconti la storia del leone?» chiede la nipotina. «Quello che mangia tutti?»

Nina la guarda e sul suo viso ritorna veloce il buonumore.

«Vieni qui, Asia.» Si siede alla scrivania, allarga le braccia e attende che la piccola le si arrampichi sulle ginocchia. «Ti racconterò piuttosto la storia del leone che mangiò verdure.»

Quando ho ripreso la scuola avevo trentasei anni, che all'epoca, soprattutto per le donne, erano considerati quasi la mezza età, un momento in cui era sconveniente fare cambiamenti drastici, figuriamoci inseguire dei sogni accantonati da un pezzo.

Da ragazzina, ero sempre stata molto diligente e volenterosa tra i banchi, riuscendo a scucire a mio padre il permesso di frequentare le superiori. Quando, però, appena congedato, Domenico mi aveva fatto la dichiarazione, la mia vita era cambiata bruscamente e avevo abbandonato gli studi a meno di due anni dal diploma, senza suscitare troppo clamore nella mia famiglia, che aveva sempre pensato che l'istruzione fosse sopravvalutata e che, una volta imparato a leggere e a scrivere e a far di conto, non si poteva sperare di meglio che iniziare a guadagnare.

Non ho mai rimpianto di essermi resa utile, di aver iniziato a risparmiare abbastanza da poterci trasferire al

Nord, di aver contribuito al sostentamento dei miei cari e di aver guadagnato la mia indipendenza con il sudore della fronte. Ho però sempre avuto il grande rammarico di non aver dedicato ai libri tutto il tempo che avrei voluto, di non essermi data la possibilità di terminare un ciclo e di aver rinunciato a fare, per una volta, qualcosa soltanto per me e non per l'affitto, per le bollette, per le scarpe nuove delle gemelle o per comprare la lavabiancheria.

La possibilità di scegliere la propria vita è forse la sola cosa che invidio alle nuove generazioni. Possono studiare, viaggiare, conoscere il mondo, abitare anche dopo aver compiuto i trent'anni insieme ai genitori o andarsene di casa senza essersi sposati; non volere figli e non essere considerati dei reietti, oppure farli e non rinunciare alle proprie ambizioni.

Sono liberi, anche se non tutti ci riescono e sebbene per alcuni sia più difficile che per altri.

Noi donne di quei tempi là, invece, nate prima della guerra e cresciute in un Paese che cambiava in fretta, in modo violento e disordinato, molto spesso non avevamo nemmeno il diritto di provarci. E chi lo faceva, chi tentava, chi rischiava, o era molto coraggiosa o molto disperata.

Quando il destino mi ha portato da Nina, è stato un viaggio indietro nel tempo. Ho ritrovato molto di me in lei. Non ha la mia durezza né il mio cinismo, che mi sono serviti da scudo per tutte le battaglie della mia lunga vita, ma come me è determinata, visionaria e temeraria.

Ci ha provato a fare l'impiegata, un contratto in un'azienda, le quattordici mensilità, i buoni pasto e i giorni tutti uguali in attesa delle ferie. Era una vita dignitosa, quella che aveva, e sicura, per quanto si possa essere sicuri in questi anni sconclusionati, ma non era quello che desiderava. Lei voleva stare insieme ai libri, toccarli, annusarli, sistemarli, venderli e leggerli. Soprattutto leggerli.

Da cinque anni passo qui a trovarla, tra queste quattro mura a metà strada tra il centro e la periferia, e vivo insieme a lei avventure incredibili. Abbiamo dato la caccia a un'enorme balena dalla gobba pallida come la neve, ballato con il bel Mr. Darcy, cenato insieme alla rumorosa famiglia Malaussène e al loro povero cagnetto epilettico, aiutato il commissario Montalbano a risolvere i suoi casi e siamo sopravvissute a un naufragio di duecentoventisette giorni su una scialuppa, in compagnia di una tigre.

Durante i lunghi e strazianti mesi della malattia di mio marito, ho sempre trovato, seduta su questa poltrona che ormai sento mia, un posto sicuro in cui nascondermi, anche solo per mezz'ora. E quando Domenico se n'è andato, strappandomi in due come se fossi fatta di carta, non c'erano le mie figlie a tenermi aggrappata ancora alla terra, di colpo diventata crudele. C'era Nina.

Lei mi ha trattenuta qui, con il suo affetto, l'entusiasmo, e con la porta sempre aperta. Ora, come per un istinto che non so spiegare, sento che è giunto per me il momento di sdebitarmi, aiutandola a ritrovare la serenità che ha perso per aver usato la temibile arma del sentimento in maniera sbagliata.

«Ciao, posso?»

Sulla porta c'è Filippo, l'ex fidanzato scaricato per inseguire una chimera. Da un paio di settimane non vive più con Nina, ma non sembra avere l'aria di un uomo distrutto dal dolore. È sbarbato di fresco, indossa una camicia pulita e stirata sotto un giubbotto di pelle e inforca un paio di occhiali da sole da aviatore, che sfila soltanto dopo aver raggiunto il centro del negozio.

Sorride, quasi imbarazzato. Probabilmente è la prima volta che la rivede, da quando lei ha deciso di troncare la loro relazione.

«Oh, c-ciao» balbetta Nina, sorpresa. Asia, che le siede ancora in grembo, scivola giù e si fionda ad abbracciare le gambe del ragazzo.

«Zio Fili!» gli grida felice. La poverina ignora che nel mondo degli adulti le persone entrano ed escono di scena con una facilità spiazzante.

«Ehi, buongiorno principessa!» risponde lui, accarezzandole la testa.

Va detto che è sempre stato bravo con i bambini, anche durante gli eventi dedicati a loro che ogni tanto si organizzano in libreria, ma con Asia ha davvero un feeling particolare. È buffo pensare che lui sia probabilmente il primo di una lunga serie di uomini bugiardi che la piccola incontrerà lungo la strada.

La zia la invita con tono gentile a giocare nella mia nicchia e lei si mette docilmente ai miei piedi, sul pavimento, a parlottare con una bambola che lascia spesso qui da noi e che teniamo su una mensola in alto, considerandola la nostra mascotte. Nina fa cenno a lui di uscire sulla strada e si accomodano sul gradino all'ingresso, illuminati dai raggi del sole tiepido del pomeriggio.

Senza dare troppo nell'occhio, mi alzo lentamente dalla poltrona e mi avvicino il più possibile alla vetrina, per cercare di ascoltare la loro conversazione.

Non voglio spiare, intendiamoci. Non sono quel tipo di ficcanaso lì, che si nutre delle vicende altrui per dare un po' di sale alla propria vita sciapa. Io ho bisogno di sapere come stanno le cose per poter aiutare la mia giovane amica. Mi sono necessarie più informazioni possibili. In un certo senso, ecco, è per lavoro.

«Stai ignorando anche le mie chiamate. Sono stato costretto a venire a cercarti» sta dicendo lui, quando sono abbastanza vicina da distinguerne le parole.

«Avevo bisogno di pensare, di prendermi del tempo per capire.»

«Be', adesso l'hai avuto, il tempo. Non credi che dovremmo ripensarci?»

Nina sospira, appoggia la testa alla vetrina e chiude gli occhi, con il viso diretto verso il sole.

«Non lo so, Filippo. È complicato. Non funzionava da un pezzo. Eravamo diventati come due estranei ormai. Non parlavamo nemmeno più. Tu eri distratto, tornavi sempre più tardi dall'ufficio, eri troppo spesso in viaggio per lavoro. Io avevo cominciato a non piacermi, a odiare il suono della mia voce quando ti chiamavo al telefono per chiederti dov'eri.»

«Mi sembra che tu stia esagerando» minimizza lui. È sempre stato così. Ha sempre fatto sentire Nina eccessiva. «Tante coppie hanno alti e bassi.»

«Non ci amavamo più, ammettilo.» La voce è rotta dall'emozione. Potrebbe scoppiare a piangere da un momento all'altro, ma sono sicura che si stia trattenendo per Asia. «Non mi toccavi nemmeno più. Certe sere, restavo in bagno a spazzolarmi i denti fino a farmi sanguinare le gengive, per prendere tempo prima di infilarmi a letto, sperando che tu ti addormentassi. Non avevo più voglia di sentirmi rifiutata.»

«Ero solo stanco» le dice lui, provando ad accarezzarle una gamba.

Nina si ritrae e si alza in piedi. Non riesce nemmeno a guardarlo in faccia. «Mi dispiace Filippo. Mi dispiace davvero. Vedi, la sera che ti ho detto che era finita, quando sono sparita, ecco... io... sono corsa da un altro e ho passato la notte con lui.»

Il volto dell'ex fidanzato diventa pallido all'istante.

Non te l'aspettavi, vero, zio Fili?

«Non era successo nulla, prima di allora. Solo un

bacio. Non avrei mai potuto farti questo. Ma quando mi sono resa conto che non potevamo fare più niente per salvarci, quando ho trovato il coraggio di chiudere – e devi credermi se ti dico che non è stato facile – mi sono sentita finalmente libera di provarci.»

Si asciuga le lacrime che le rigano le guance e lo guarda, ancora accovacciato sul gradino.

«Ho rovinato tutto, mi vergogno di me e non credo che riuscirei più a guardarti in faccia. Sono stata una donna terribile e adesso non c'è niente che possiamo fare per aggiustare le cose.»

Nina si alza dal gradino della vetrina per rientrare in libreria.

Indietreggio con passo veloce, per non farmi cogliere in fallo mentre mi faccio gli affari suoi, e urto inavvertitamente la scrivania, facendo cadere un mucchietto di scartoffie che erano accatastate alla rinfusa. Mentre provo a sistemarle, prima che lei mi raggiunga, noto una lettera avvolta in una busta dalla carta marroncina e spessa, che non ha l'aria della solita bolletta. Sembra contenere qualcosa, ma le mie mani da vecchia signora non riescono a intuire cosa sia. Colta da un presentimento, ne leggo il mittente e mi sento mancare, come se sotto i miei piedi si fosse aperta una voragine, pronta a inghiottirmi. Quel nome, riconosco la calligrafia... Che significa? È possibile che...?

Ma non ho nemmeno il tempo di realizzare l'accaduto che veniamo tutte travolte dal colpo di scena.

Filippo si alza e segue Nina all'interno della libreria, le tocca una spalla per farla voltare e poi, con la sua solita spavalderia, le chiede: «Se ti dicessi che anch'io avevo una relazione, ti sentiresti meno in colpa e potremmo ricominciare?».

# 5

Ho voglia di prendere in mano
la grande Milano e la tua libertà.
*Ornella Vanoni*

È il silenzio più lungo e imbarazzante di cui ho ricordo da parecchi anni a questa parte.

Probabilmente sono passati appena pochi secondi dall'agghiacciante confessione di Filippo, eppure, immobili come in un fotogramma quando metti in pausa il videoregistratore, sembriamo sospesi nel tempo da ore.

Lui, in piedi, accanto alla porta, un'espressione indefinita sul volto, gli occhi imploranti perdono, che a guardarli bene sembrano non avere alcuna traccia di reale pentimento. Nina è qualche passo avanti a lui, le spalle un po' curve e la testa bassa a fissare il pavimento. Stringe le mani in due pugni tremanti e respira profondamente, per trattenere le lacrime, immagino.

Io sono ancora appoggiata alla scrivania, con in mano la lettera, l'espressione severa e le labbra serrate per non esprimere nessun commento. Qualunque cosa dicessi sarebbe fuori luogo. Non è la mia storia e, sebbene lo desideri tantissimo, non devo intervenire. Non ancora.

Asia ha alzato la testa dal pavimento su cui stava giocando, e osserva tutto con le guance rosse. Anche se dà l'impressione di non aver capito cosa stia succedendo, è abbastanza sveglia da rendersi conto che è una faccenda da grandi e che è bene tenersene alla larga.

«Tu avevi cosa?» chiede Nina, con un sussurro quasi impercettibile.

«È stata una sciocchezza... È tutto finito adesso. Ho capito che sei solo tu quella che mi interessa. Solo tu sei importante...» Filippo risponde mitragliando le parole, per non darle il tempo di replicare, e mentre la ricopre di melensaggini su quanto lei fosse l'unica donna della sua vita (e allora perché diamine la tradivi? Possibile che ci si renda conto di amare qualcuno soltanto dopo averlo umiliato e imbrogliato?), le si avvicina e le tocca il braccio con una mano.

«Toglimi quelle mani di dosso» abbaia Nina.

«Ma ragiona!» risponde lui, quasi seccato dal rifiuto. «Sei stata tu a lasciarmi, mi hai appena confessato di essere stata con un altro uomo... Dovrei essere io quello furioso.»

«Zia?» La voce preoccupata della bambina, dal fondo della sala, distrae Nina mentre è sul punto di trasformarsi in una bestia feroce pronta a fare a brandelli il suo ex fidanzato.

«Tesoro, va tutto bene» le dice, sforzandosi di sorridere e cercando di sembrare il più serena possibile. Non deve essere facile, considerata la palpebra che le balla.

«State... state litigando?» chiede la piccola, provando a interpretare il comportamento così anomalo di quei due che ha sempre visto andare d'accordo. La poverina non può ancora sapere che gli adulti sono costretti a imparare l'arte fondamentale di "mantenere le apparenze".

«Vedi, Filippo mi ha detto una bugia e io lo sto sgridando.»

«Lo zio ha detto una bugia perché anche la zia gli aveva mentito» aggiunge lui.

Nina torna a guardarlo con un disprezzo di cui non la credevo capace.

«Innanzitutto, la tua bugia mi pare di aver capito che durasse da molto più tempo della mia. E poi io non ti ho mentito. Anzi, proprio per non farlo ho preso una delle decisioni più difficili della mia vita e mi sono assunta tutta la responsabilità, anche se non avrei dovuto. Perché – e grazie alla tua confessione ho finalmente aperto gli occhi – non era davvero solo colpa mia, se le cose non funzionavano più. E per finire...» prende fiato, prima di continuare a un volume più basso. «Tu non sei *più* suo zio.»

Asia è in piedi, aggrappata al bracciolo della mia poltrona, mentre io sto cercando di mimetizzarmi dietro uno scaffale sul quale sono sistemati i volumi in promozione. La situazione è tanto drammatica quanto imbarazzante. Una conversazione del genere avrebbe dovuto essere privata. Una bambina innocente e una vecchia bibliofila sono un pubblico piuttosto insolito per una scenata tra ex innamorati.

«Perché non ti calmi un momento e cerchi di ragionare?» propone lui, dando l'impressione di considerare la reazione di lei poco più che un capriccio.

È come se la sua faccia tosta mi implorasse di prenderlo a schiaffoni. Devo fare uno sforzo per trattenermi.

Nelle ultime due settimane, nonostante Nina soffrisse con il cuore a brandelli, non ho fatto altro che pensare a quanto fosse fortunata ad aver eliminato un uomo subdolo come Filippo dalla sua vita. Lei pensava di averlo ferito, di aver giocato con i suoi sentimenti, di essere stata disonesta perché, dopo mesi di sue assenze, di distanza, di freddezza, si era avvicinata emotivamente a un altro. Si sentiva un verme, la sventurata, per aver trovato la forza di porre fine a una storia zoppicante. Eppure ci vuole molto coraggio, moltissimo, a essere la persona che lascia, a diventare colei che stacca la spina di un rapporto comatoso che si trascina da tempo solo per abitudine o, peggio, per viltà.

In tutto questo periodo di turbamenti, lui aveva una relazione, viveva una doppia vita, aveva un'amante e non dava l'impressione di provare alcun senso di colpa. E se Nina non gli avesse dato il benservito, avrebbe continuato la sua ignobile tresca con quella volgarissima moretta per chissà quanto.

Sì, li ho visti insieme.

Quello svergognato se la portava a spasso come se nulla fosse, fingendo chissà quale impegno di lavoro improvviso, mentre l'ignara fidanzatina restava sveglia fino a tardi ad aspettarlo.

Una sera li ho scoperti rientrando nel mio appartamento, avvinghiati come sposini in luna di miele, appoggiati alla portiera di un'auto parcheggiata in una strada poco illuminata e silenziosa che costeggia i binari della vecchia ferrovia, certi di essere al sicuro da sguardi indiscreti. Non mi hanno notata, mentre scivolavo verso casa senza far rumore, in quelle vie dall'aspetto tetro che fanno paura a tutti tranne che a me, perché in quelle strade che conosco da una vita, e che mi conoscono da decenni, mi sono sempre sentita sicura. Sono vecchia e stralunata e non ho più la lucidità e la prontezza di riflessi di una volta, ma non ho esitato un attimo a riconoscere Filippo. Lui rideva, stringendola a sé e baciandole ora il collo ora le labbra. Lei giocava ad allontanarlo e poi a riprenderlo, in quelle moine che fanno le ragazze innamorate. Se mai d'amore si sia trattato, in questo squallido *affaire*.

Avrei dovuto dirlo a Nina? Avrei dovuto confessarle di aver incontrato il suo fidanzato, con cui conviveva da anni, che aveva presentato alla sua famiglia e che la sua famiglia aveva accolto a braccia aperte, con le labbra incollate a quelle di un'altra? Mi sarei dovuta intromettere nella sua vita più privata, istillarle il dubbio, dare il via a una serie di sgradevoli eventi, per essermi trovata nel posto sbagliato al momento sbagliato?

Forse avrei dovuto, anche solo per evitarle questa patetica piazzata. Ma non sono mai stata brava a dare cattive notizie.

Il giorno dopo, ricordo che la libreria era piena e Nina non aveva avuto un solo momento da dedicarmi. Sorrideva e sembrava essere ancora piena di allegria, forse perché il nuovo corteggiatore era già entrato nelle sue grazie e aveva iniziato a farla sentire di nuovo viva, o forse perché non aveva ancora realizzato che il suo sentimento, tanto ardente un tempo, era solo un fuoco di paglia che si stava estinguendo.

Quel giorno avrei dovuto confessarle ogni cosa, perché probabilmente le amiche fanno questo, non ti proteggono dalle vicende brutte, ma ti aiutano a superarle, affrontandole di petto. Però non ce l'ho fatta e soltanto poche ore dopo c'è stato così tanto buio e tutto si è spento all'improvviso.

Il mio incidente e l'assenza di qualsiasi emozione.

Non ho ancora scoperto per quanto sono stata priva di sensi. È un argomento che preferisco non affrontare. Ricordo, però, che nonostante la sensazione di vuoto, nonostante mi sentissi galleggiare in un liquido caldo, non provavo alcun dolore.

Quando, qualche giorno dopo, sono tornata in libreria, donna fortunata di nuovo in piedi sulle mie gambe, e l'ho rivista, con gli occhi tristi, come se avesse passato giorni interi a piangere, ho capito che non ero né abbastanza temeraria né così crudele da darle altre preoccupazioni.

E comunque lo è venuto a sapere da sola. La verità è un vecchio tronco di legno che viene sempre a galla.

«Non ho voglia di calmarmi» risponde la libraia, prendendolo per un braccio e trascinandolo fuori dal negozio, lontano da Asia. «Voglio solo che tu sparisca dalla mia vita.»

«Non essere sciocca, Nina. Se mi lasci adesso, potrei non tornare più e tu te ne pentiresti per sempre. Non mi pare ci sia la fila di uomini disposti a stare con una persona che li mette sempre dopo il suo lavoro.»

«Sei proprio un verme! Anche tu lavoravi tantissimo...» Si ferma di colpo. Le sinapsi devono aver iniziato a funzionare a velocità doppia. «Aspetta... Tutte quelle volte che mi dicevi di dover restare in ufficio fino a tardi. Quei viaggi di lavoro dell'ultima ora. Tu... eri con lei?»

Filippo si gratta la testa imbarazzato, prendendo tempo, forse per cercare un'altra menzogna convincente.

«Eri con lei, vero?» insiste Nina, furiosa.

«Sì, cioè, potrebbe essere successo. Non ricordo...»

«SPARISCI!»

Sono quasi sicura che l'abbiano sentita fino a Pavia.

Asia è rannicchiata sulla poltrona e tiene stretta al petto la sua bambola.

«Mi ci hai costretto tu, sei stata tu a buttarmi tra le braccia di un'altra. Tu e la tua stupida libreria. Per te è diventata un'ossessione, non hai più tempo per nessuno. Ti preferivo quando avevi un lavoro *normale*, in ufficio. Tutti questi libri ti hanno dato alla testa!»

«Te li do io i libri in testa!» sbotta lei, infilando il braccio nel negozio e afferrando la prima copia che le capita sottomano per lanciarla contro Filippo. Lui si scansa per non riceverla sulla fronte. Il volume gli sfiora la spalla e cade per terra, vittima innocente di una guerra che nemmeno lo riguarda.

Filippo la manda a quel paese, lei gli risponde a tono, io mi auguro che nessun cliente decida di materializzarsi in questo momento pietoso. Finalmente Nina rientra nel negozio, con il viso tirato e l'espressione furibonda, si avvicina al suo tavolo e un secondo dopo corre di nuovo fuori, a tutta velocità.

Sta tornando dal suo primo amore, il povero libro usato come palla di cannone.

«Ecco, adesso è tutto rovinato» sbuffa, lasciandolo su un ripiano a caso. «Scusami tanto, Don Winslow, si è trattato di un'emergenza.»

«Hai detto le parolacce, zia.» La piccola Asia, ancora raggomitolata, la guarda con gli occhioni preoccupati.

«Hai ragione, tesoro. Non dovevo. Non c'è mai una

buona ragione per dire le parolacce» le sussurra, tendendole le mani in attesa di un abbraccio.

La bambina si alza dalla poltrona, fa un paio di passi lentamente prima di lasciarsi andare e saltarle al collo. «Eri molto arrabbiata? Zio Fili ha fatto il cattivo?»

«È stato cattivo, sì. Ma adesso è tutto finito, non ti devi preoccupare. Scusami se ti ho fatta spaventare.» La stringe forte e le bacia la testa. «Scusa.»

«Non fa niente, zia. Una volta anche mamma ha fatto arrabbiare papà. Ma poi hanno fatto pace. Mi hanno portata a prendere il gelato.»

Nina la tiene ancora stretta al petto, tenendo gli occhi chiusi, e pian piano le guance e le orecchie scarlatte tornano al loro rosa naturale.

«Mi è venuta un'idea. Perché non andiamo anche noi a prendere un bel gelato?» propone, rimettendola a terra.

«Possiamo?»

«Certo, mettiamo un cartello sulla porta e andiamo a scegliere un bel cono!»

«Sì!» Asia batte le mani un paio di volte, entusiasta. Sembra aver già dimenticato la sfuriata a cui ha assistito poco prima. Mi chiedo piuttosto quanto tempo occorrerà a Nina, per rimuoverla dai suoi pensieri. «Posso prendere la panna? La prendi anche tu?»

«Solo se hanno quella vegana» risponde la libraia gridando dal bagno.

«Zia, ma gli animali non fanno mica la panna! La fanno le nuvole!»

Nina torna da lei, asciugandosi il viso con un fazzoletto. Deve essersi data una bella spruzzata di acqua fresca per riprendersi. Le tende la mano e si allontanano entrambe verso la gelateria.

Rimango a fissarle, pensierosa, augurandomi che tutto si risolva per il meglio, fino a quando realizzo di essere chiusa dentro.

Si sono dimenticate di me.

Si sono dimenticate di Adele.

Non è difficile da immaginare come possa essere accaduto: Nina era distratta da tutto il caos per Filippo, la piccola era prima spaventata e poi eccitata per la spedizione gastronomica.

Capita.

Capita che la vecchietta esca dai tuoi pensieri.

Capita più spesso di quanto uno possa immaginare da giovane, quando ancora le forze lo assistono e ha un bel pezzo di vita davanti. Perché nessuno ti racconta mai che a un certo punto smetterai di essere una persona e diventerai solo un peso.

Ricordo che mia madre mi fece un discorso simile, con la sua voce solenne e cavernosa che conosceva solo il dialetto, l'ultima volta che l'ho vista.

Ero rientrata a Ginosa dopo una telefonata dei miei fratelli, allarmati dalla sua salute cagionevole. Non era così vecchia, aveva superato da poco i settant'anni, ma un'esistenza passata a fare figli e piegare la schiena nei campi per lavorare l'aveva consumata più in fretta del dovuto.

Abitava ancora nel casolare in cui siamo cresciuti, insieme a Vincenzo e a sua moglie, che, dopo i funerali di papà, si erano offerti di darle aiuto e di farle compagnia, in cambio di una quota più grande dell'eredità.

Non c'è poi molto da storcere il naso. Può succedere anche al più devoto dei figli di chiedere un indennizzo per aver prestato assistenza a un genitore anziano. Le famiglie sono il risultato di un difficile equilibrio tra richieste e offerte, gratuità e onerosità.

La mia vecchia genitrice me lo fece capire con la sua solita schiettezza: «Ho dato tanto, tutto, e adesso devo prendere».

Avrei voluto avere la sua stessa caparbietà con le mie figlie gemelle, pretendere almeno la loro compagnia, in questi ultimi anni, come risarcimento per ogni cosa che avevo fatto per loro. Magari, lavorando ai fianchi il loro senso di colpa, sarei riuscita a strappare qualche pranzo domenicale in più e qualche pomeriggio in compagnia.

Ma non sono mai stata brava a elemosinare amore e non sono mai riuscita a capire quale gesto così tremendo, quale mancanza tanto grave desiderassero farmi pagare, quelle due donne testarde.

Non è facile essere genitori, almeno quanto è difficile essere figli.

Di nuovo in poltrona, nel silenzio quasi piacevole della gabbia in cui sono imprigionata, mi sento come uno dei libri che mi circondano, con dentro una storia allegra e triste, semplice e complicata, privata e universale che, magari, varrebbe la pena di essere letta. Perché, in fondo, tutte le vite sono avventure.

Rigiro ancora la lettera sottratta dalla scrivania di Nina poco prima dello scandalo. È sigillata, ma ho come la sensazione di sapere quello che contiene. Potrei aprirla, ma mi sentirei un verme. Non ho mai frugato nella corrispondenza di nessuno, comprese le mie figlie e mio marito, e non ho intenzione di iniziare adesso, tradendo la fiducia di una persona che mi vuole bene. Anche perché credo che oggi ne abbia fin sopra i capelli di tradimenti! Eppure vorrei sapere, vorrei scoprire cosa c'è scritto, capire se i sospetti e i dubbi che mi attanagliano da giorni sono fondati. Sono terrorizzata da quella lettera, ma al tempo stesso mi rendo conto che conoscerne il contenuto potrebbe essere una grande, enorme consolazione.

Mi alzo e vado allo scaffale sul fondo della nicchia, in assoluto il meno frequentato dai clienti. So che da qualche parte deve esserci una copia.

«*Essere o non essere*, è proprio questo il maledetto problema» sospiro, sfogliando l'*Amleto*. Non si riducono sempre a questo interrogativo, tutte le scelte più difficili della vita? Sì o no?

La chiave che gira nella serratura dice che il mio

tempo per districare il dilemma è esaurito. Con il migliore degli slanci che posso permettermi, mi riavvicino alla scrivania e infilo la lettera sotto un'enorme pila di scartoffie, così sono sicura che per un bel po' Nina non se la ritroverà tra le mani e mi lascerà riflettere su cosa fare.

Sorridono entrambe, zia e nipote, mentre mi si avvicinano. So che, appena la piccola se ne andrà, dovrò raccogliere la libraia con il cucchiaino.

Mentre finiscono i loro gelati, raccontandosi storie buffe, entra Emma, trafelata.

«Eccoti, per fortuna ti ho trovata!» dice all'amica, con un tono che non promette niente di buono.

«Ciao, stai bene? Cos'è successo?» chiede la libraia, di nuovo tesa come la corda di un violino.

La fioraia la fissa a lungo, poi scuote il capo.

«È un disastro. Tu sei un disastro, tesoro...»

Gli occhi di Nina si riempiono all'istante di lacrime, come se quelle parole avessero fatto crollare la diga che le tratteneva.

«Io... Tu... Hai saputo?» balbetta.

Emma la guarda con l'aria di una che è appena precipitata dalle nuvole.

«Saputo cosa? Parlavo dei tuoi capelli, Nina. Bisogna fare qualcosa subito, adesso» la invita a recuperare la sua borsa e fa segno a lei e alla piccolina di uscire. «Chiudi tutto. Oggi pomeriggio non si lavora. Dobbiamo andare dalla parrucchiera. È un'emergenza.»

# 6

Con sempre quella strana voglia di andar via
perché altrove, forse, c'è qualcuno che ci aspetta.
*Alex Britti*

«Ha scelto *David Golder* della Némirovsky. Lo ricordo benissimo. Lei è la stessa autrice di *Suite Francese*, pungente, diretta, con una capacità così intensa di descrivere l'animo umano. Ci hanno fatto anche il film, però quello non l'ho visto. Ah, la sfortunata ha avuto una fine drammatica, deportata ad Auschwitz... era ebrea... non è sopravvissuta, purtroppo. *Suite Francese* è stato pubblicato postumo, sa? Dopo cinquant'anni è stato ritrovato dalla figlia tra le carte e i diari della madre, custoditi gelosamente. Perché le stavo raccontando questo? Ah, sì!»

La giornalista continua a seguire Nina su e giù per la piccola libreria, cercando di prendere appunti, mentre lei la travolge con aneddoti, ricordi, considerazioni, frasi di romanzi. Sta parlando ininterrottamente da almeno un'ora. Credo che in alcuni momenti l'abbia fatto addirittura in apnea.

Prima di alzare la saracinesca del negozio, stamattina, aveva gli occhi gonfi per l'ennesima notte in bianco passata a soffrire per i suoi uomini sbagliati. Appena ha varcato la soglia, però, ha accolto la reporter e il fotografo, che sono arrivati pochi minuti dopo di lei, e ha cominciato a chiacchierare dei suoi amati libri, ogni dolore è stato messo da parte.

Emma ha avuto l'illuminazione qualche giorno fa, mentre provavamo a riprenderci dallo stupore e dal fastidio per la coppia taccagna che ci aveva lasciato in custodia il figlio: per riuscire a far decollare un'attività serve un'intuizione brillante e della buona pubblicità.

La fioraia si era ricordata di aver realizzato, mesi prima, le decorazioni floreali e il bouquet da sposa per il matrimonio di una prestigiosa firma di un quotidiano nazionale. Era stato un lavoro facile, perché era subito entrata in sintonia con la donna che, per fortuna, aveva gusti simili ai suoi. Le era anche tornato in mente che, ogni volta che la incontrava per decidere colori, nastrini o candele da inserire nei centrotavola, finivano sempre a chiacchierare di libri. Così, con una bella faccia tosta, davanti ai nostri sguardi perplessi, le aveva telefonato per metterla al corrente di una storia straordinaria che «fidati! Vale la pena di essere raccontata».

«Dunque, alla fine di una presentazione con l'autore, come le dicevo, si avvicina quest'uomo molto serio e mi dice che vuole comprare una copia di un libro e lasciarmela. "Regalala a un tuo cliente" aggiunge, dopo aver pagato. Riesce a immaginare il mio stupore? È molto più facile che mi chiedano libri in regalo o che, magari, mi implorino di comprare le loro opere autoprodotte – mi creda, mi accade di continuo – che qualcuno decida di fare una cosa del genere.» Ride, scuotendo il capo al ricordo di quel momento. «Si è anche raccomandato che non tenessi io il libro, rimettendolo in vendita, ma che lo donassi a qualcuno che l'avrebbe letto e, magari, amato come aveva fatto lui. È stato un gesto bellissimo, così spontaneo...»

Spontaneo e inaspettato. E io lo so perché c'ero, ho assistito alla scena.

Un paio di mesi fa, se non erro. In quei giorni avevo le gambe gonfissime e un dolore costante ai piedi. Sembrava che la vecchiaia non volesse darmi tregua e l'unica consolazione era passare le serate in compagnia, per dimenticarmi della mia misera condizione. Restavo seduta su una sedia scomoda, per aver lasciato la poltrona all'autore di turno, e osservavo la gente che riempiva il negozio. Erano tanti, allegri e rumorosi, mentre si salutavano, si stringevano le mani, sfogliavano distrattamente qualche volume e cercavano di farsi una foto ricordo con lo scrittore. L'uomo che ha sospeso il primo libro era arrivato da solo, poco prima dell'inizio dell'incontro, poi si era sistemato in un angolo, in piedi, e non aveva scambiato una parola con nessuno.

Alla fine dell'incontro, si era messo a gironzolare tra

gli scaffali, forse alla ricerca di qualcosa di specifico o, magari, spinto solo da quel desiderio che abbiamo tutti noi, topi da libreria, non di scegliere, ma di essere scelti da un libro.

«*David Golder* mi ha insegnato qualcosa di importante. Ho la presunzione di credere che riuscirà a farlo anche con il suo prossimo lettore» aveva detto, con il viso severo, dopo l'acquisto. Il suo atteggiamento scontroso strideva con la generosità e la poesia del gesto.

«Io non so davvero che dire. È la prima volta che mi capita una cosa del genere.» Nina aveva le guance rosse e gli occhi lucidi. Era commossa. Come non esserlo, del resto? Per una libraia, un lettore che compra libri non per sé, ma per altri che nemmeno conosce, è la dimostrazione che Babbo Natale esiste davvero. «Posso chiederle solo un favore?»

«Pensavo che lasciare un romanzo a uno sconosciuto fosse già abbastanza» aveva risposto quello senza un briciolo di umorismo, anzi, quasi seccato, confermando la sensazione che l'affabilità non fosse in cima alla lista delle sue qualità.

«Ehm, certo. È abbastanza, ci mancherebbe. Volevo solo sapere se... Ecco, se magari le andava di lasciare una dedica per il futuro lettore. Anche anonima, va bene. Una specie di passaggio del testimone, per spiegare che quello che avrà tra le mani è più di un semplice libro, è un'emozione vissuta.»

Ho regalato tanti libri, nella mia lunga vita.

Alcuni alle persone giuste, altri a quelle che non lo meritavano.

Spesso erano dei messaggi, con cui cercavo di dire qualcosa di così difficile che le mie sole limitate parole non potevano bastare. Altre volte erano solo storie che mi avevano fatto stare bene, mi avevano portata in mondi diversi e mi avevano fatto vivere mille vite differenti ed esperienze meravigliose che volevo condividere con gli altri.

Regalare un libro che ami a qualcuno che sa apprezzarlo quanto te, che ci si perde dentro come hai fatto tu, che soffre, ride, piange, si innamora con la stessa potenza che ti ha travolta, è un'esperienza esaltante. C'è un legame speciale tra i cultori degli stessi romanzi.

Allo stesso modo, però, lasciare pagine amate a chi non le apprezza, a chi le trova noiose o vuote, a chi non riesce a capirne e carpirne il segreto, è frustrante. Al punto che, spesso, anche le più grandi amicizie possono vacillare quando scopri che qualcuno che stimi ha detestato *La casa della moschea* o ha abbandonato *Anna Karenina* dopo solo dieci pagine.

*Un regalo da un lettore sconosciuto a un altro lettore sconosciuto. Ti ho donato David Golder perché si tratta di una delle storie che mi ha lasciato di più. Vorrei che la sete di denaro venisse sostituita dalla sete di libri, di parole, di storie. Utopia? Forse... Spero ti piaccia, buona lettura.*

«Le ho ricopiate tutte su questo quaderno, le dediche, vede? Il giorno dopo, ho donato il libro alla prima persona che ha varcato la soglia e questa, a sua volta, felice del regalo, ha pensato di replicare il gesto.»

«Quindi, come un caffè sospeso che ristora il palato di chi, meravigliato, lo riceve, così tu hai pensato di ristorare la mente e il cuore di chi ottiene qualcuno dei libri in regalo» afferma la giornalista, sempre più affascinata dalla storia.

Emma ci aveva visto lungo.

«Sì e no. Non l'ho fatto per calcolo, è successo. In un certo senso, sono stata prescelta dal caso per essere un tramite tra due lettori accaniti, cioè tra due belle persone» sorride Nina, felice di raccontare la sua storia. «Vede, questa piccola libreria, la mia preziosa scatola lilla, non è fatta solo di pareti e legno e carta. È piena di sogni, di speranze, di delusioni, di scommesse, di dolori, di gioie. Sono tutte cose custodite nelle pagine di questi libri e nella testa di chi li leggerà o li ha già letti. C'è tanta vita, qui, intorno a me, non solo quella che vede con gli occhi. Io sono un mezzo, sono un *medium* che mette in contatto le parole scritte con i cuori pronti a riceverle.»

Rimaniamo in silenzio a guardarla, io, la giornalista, il fotografo, Emma, l'immancabile Ilaria che ha insistito per essere presente, una signora in attesa di ritirare un volume che aveva prenotato e due ragazzine, orfane delle loro storie di vampiri, alla ricerca di una nuova saga alla quale appassionarsi.

Non credevo che fosse così brava. E pensare che ieri sera era talmente agitata per l'intervista che aveva pensato di annullare tutto.

Non mi ricorda solo me stessa da giovane, Nina. Ha anche molto della mia piccola Angela. Forte e fragile allo stesso tempo. Solare e malinconica. Troppo severa con se stessa e molto indulgente con gli altri.

Angela era la più piccola delle mie figlie, nata qualche anno dopo le gemelle che, forse per la differenza d'età, l'avevano sempre considerata un'intrusa escludendola dai giochi e dalla complicità.

Era nata per caso. Dovrei dire per errore, un errore di calcolo, se mai un figlio tanto amato possa considerarsi messo al mondo da uno sbaglio.

Non l'avevamo cercata, è vero, Domenico e io, ma l'amavamo moltissimo, totalmente, con un trasporto simile all'esagerazione. E questo troppo amore per lei ci ha puniti, entrambi, in maniera tanto inaspettata, quanto più il nostro sentimento era spontaneo e senza alcun doppio fine.

Mia figlia è morta all'età di ventisette anni, di un male improvviso e incurabile. È morta com'è vissuta, con il sorriso sulle labbra e gli occhi pieni di speranza.

Distesa nel suo letto sudato d'ospedale, mi ha consegnato delle lettere che aveva scritto per me. Faceva ormai fatica a parlare e non poteva usare la sua voce dolce per farmi forza. Così mi ha scritto. Parole semplici e dirette, per dirmi che tutto, la gioia, le incomprensioni, i viaggi al mare dai nonni, le notti sveglia passate a studiare, le litigate con le sorelle, le delusioni sul lavoro, i traguardi, il dolore, tutto, tutto era valso la pena.

"Tutto deve essere, mamma" mi aveva scritto, tendendomi la mano mentre rischiavo di precipitare nel baratro della disperazione, con il coraggio che avrei dovuto avere io per lei.

Ho capito solo in questi ultimi giorni il vero significato di quel suo testamento spirituale. C'è un senso in ogni cosa che ci accade e puoi riuscire a capirlo solo se smetti di cercare colpe, colpevoli e vie di fuga e cominci ad affrontare di petto la vita.

«All'inizio erano quasi tutte dediche anonime» dice Nina. «Poi ho iniziato a fare uno strappo alla regola.»

Strizza l'occhio a Ilaria che sembra la più eccitata dei presenti. Il suo flirt a colpi di libri sospesi va avanti ormai da un pezzo e lei è sempre più convinta che il misterioso Paolo sia l'uomo della sua vita. Il prossimo passo sarà di sicuro quello di incontrarsi di persona e la libreria magari avrà fatto da Cupido, più efficace di tutte quelle diavolerie per appuntamenti che i giovani trovano nei loro computer.

*Ti dono una storia che mi ha fatto compagnia durante una vacanza in Sardegna. Una figura misteriosa, l'ultima madre, l'Accabadora. Sono certa piacerà anche a te! Buona lettura chiunque tu sia!*

*Lucia*

*Ho scelto* Il danno *di Josephine Hart perché è una storia di intrighi, passioni che ti conquisteranno dalla prima all'ultima pagina.*

*Non solo un libro per chi ama Charlie Parker! Leggi* Il persecutore *e vorrai sicuramente conoscere di più questo musicista eccezionale.*
*Carlo*

La casa degli spiriti *mi è piaciuto così tanto che ho deciso di chiamare mia figlia come la protagonista. I libri ci cambiano la vita.*
*Eleonora*

C'era una volta l'amore ma ho dovuto ammazzarlo. *Il titolo dice tutto. Credo di non dover aggiungere molto alla dedica.*

«Sei stata grandiosa!» Emma corre ad abbracciare Nina, non appena la giornalista e il fotografo sono saliti in macchina e ripartiti.

«Dici? Ero così agitata» si schermisce la libraia, con il viso ancora accaldato per l'emozione.

Dopo aver ascoltato tutta la storia, la reporter ha proposto di farle qualche scatto da pubblicare. «Che ne dici di una foto sulla poltrona?» ha suggerito. Ma Nina ha declinato, scuotendo il capo. «È la poltrona di Adele» ha sussurrato, provocandomi un tuffo al cuore. Sono felice quando ho la conferma del suo affetto.

Nonostante sia ancora schiacciata dal peso della confessione shock dell'ex fidanzato adultero, bugiardo come tutti i maschi su cui posa gli occhi di recente, oggi sembra essere di buon umore, a causa della novità. Filippo non sbagliava quando l'aveva accusata di amare la libreria più di tutto il resto.

L'articolo potrebbe farle un'ottima pubblicità e lei spera di riuscire a risanare almeno le sue finanze, dal momento che per aggiustare il cuore avrebbe bisogno di ben altro intervento.

Non riesco a immaginare quanto possa fare male essere traditi. Non per l'aspetto puramente sessuale, che spesso si limita a un solo bisogno fisico e nulla più, ma per la perdita della fiducia. Come si fa ad avere ancora stima di qualcuno a cui affidi i tuoi sentimenti più profondi e che ti mente in modo tanto subdolo?

Ringrazio la sorte per avermi concesso mio marito, che, nonostante i suoi difetti, non mi è mai stato infedele. O almeno, se anche fosse accaduto, non sono mai venuta a saperlo, e devo ammettere che, arrivata a questo punto, ignorare un paio di corna è altrettanto consolatorio che non averle.

Alla fine della giornata, ancora allegri per la bella avventura, spronati da Emma, decidiamo di andare a bere un bicchiere di vino tutti insieme. Dopo aver chiuso la libreria, ci spostiamo nel bistrot dall'altro lato del grosso viale, per brindare a un piano perfettamente riuscito.

A dirla tutta, mi sento un po' a disagio a seguire dei giovani che vanno a fare l'aperitivo. L'ultima volta che ne ho consumato uno credo si pagasse ancora in lire. Ma la fioraia ha fatto una proposta collettiva e, considerato che io non ho voglia di passare la serata da sola e che nessuno sembra fare caso alla mia presenza, mi accodo senza troppi scrupoli al gruppetto che si sposta allegro nella luce del tramonto.

Il locale che abbiamo scelto è stato aperto negli spazi di una vecchia caserma dei Carabinieri. Come lo era stato ai tempi della *madama*, è ancora oggi un ritrovo della più varia umanità. Ci sono studenti, coppie, un paio di ragazze con i figli, dei cinquantenni perfettamente a loro agio e una vecchia brontolona, la sottoscritta, che si guarda intorno spaesata.

Occupiamo alcuni tavolini di legno e i ragazzi si fiondano subito al buffet, a riempire i piatti di cibo. Io mi sistemo in un angolo e mi limito a osservare quello che mi circonda. Non ho più l'età per godermi nessuna pietanza e men che meno per riuscire ad apprezzare ancora l'alcol.

Poco dopo siamo nel pieno dei festeggiamenti, Nina, i suoi amici e qualche cliente affezionato, tutti seduti a bere, ridere e scherzare.

Mentre chiacchieriamo amabilmente, siamo raggiunti

dalle note di una chitarra. Stasera c'è musica dal vivo e il bar si sta riempiendo velocemente.

*Porta Romana bella Porta Romana*
*è già passato un anno da quella sera…*

Una voce giovane e bella, che copre lievemente il brusio, cattura la nostra attenzione.

*… un bacio dato in fretta sotto un portone*
*Porta Romana bella Porta Romana.*

Parte l'applauso e tutti i presenti iniziano a intonare il ritornello, come se Gaber fosse uno di quei cantanti alla moda che occupano ancora le copertine delle riviste.

Non ascoltavo questo pezzo da anni. Domenico adorava suonarlo, la sera, seduto sul davanzale della finestra, impugnando la chitarra con una sigaretta tra le labbra.

Provo a sbirciare il volto del musicista, sopra le tante teste che affollano la sala e lo rivedo: è il ragazzo timido che qualche sera fa è stato accolto in libreria da Nina infelice e su di giri.

Lo guardo mentre pizzica le corde e, occhi chiusi e sorriso largo, mi riporta con le sue strofe a un tempo in cui la vita intensa sembrava non dovesse mai lasciarmi. Nina ascolta muovendo il capo a ritmo di musica, allegra. Forse non l'ha nemmeno riconosciuto, quel giovane che adesso le regala un'emozione tanto spontanea, mentre ho avuto l'impressione che per un breve attimo lui l'abbia fissata di proposito.

Lo guardo ancora, circondato da un gruppetto di ammiratori che devono conoscerlo da tempo, e ho la sensazione di avere un legame con lui, qualcosa che avevo già avvertito quella sera in cui gli avevo borbottato spazientita il mio disappunto per aver interrotto un momento intimo con la mia amica. Eppure, per quanto mi sforzi di ricordare, non mi pare di aver mai visto prima il suo viso. Ah, memoria mia, che hai smesso di funzionare come un calcolatore ormai da troppi anni!

Sarà forse la musica a farmi sentire vicina a lui, quell'arte potente che ci trasporta in mondi diversi e più belli, come succede con le pagine dei romanzi.

Continua a strimpellare la chitarra e io mi perdo nelle mie fantasticherie, immaginando sviluppi imprevedibili, svolte improvvise nella trama, nuovi finali impensati. Avverto uno strano e pericoloso desiderio di compiere un ultimo azzardo, prima di uscire per sempre di scena.

La mattina dopo, in libreria, si respira una nuova aria, più rilassata e meno sofferente, forse anche a causa della bella notte passata a cantare.

Nina sorride a tutti, accogliente e ospitale come un tempo, anche se ha ancora una luce triste negli occhi.

In un momento di pausa inizia addirittura a sistemare il caos sulla sua scrivania, che ormai ha l'aspetto confuso di un magazzino degli oggetti smarriti.

Ignora un paio di avvisi di pagamento, qualche pubblicità e alcune fatture da saldare, prima di afferrare un pacchetto avvolto in una carta da regalo tutta lilla, come le mura che ci circondano.

Lo rigira tra le mani, sforzandosi di ricordare quando quel regalo si è materializzato sul suo tavolo. Nessun mittente, nessun biglietto ad accompagnarlo.

Lo scarta curiosa e rimane a fissarlo a bocca aperta.

Un libro, una vecchia edizione ormai fuori catalogo che deve aver già avuto un padrone, sebbene conservato benissimo. Un libro che pensava non si sarebbe mai ritrovata tra le mani, di quelli che non sono più in vendita da decenni, di cui magari hai sentito parlare e che soffri al pensiero di non poter leggere mai.

«*La durata enorme dell'incertezza* di Dino Buzzati» scandisce ad alta voce il titolo del testo così introvabile da essere considerato ormai solo una leggenda, tra i suoi colleghi.

Infila il naso tra le pagine, per annusarne l'odore di carta ingiallita, poi lo apre e sussulta alla vista della dedica.

*Questo libro sospeso è per te, Nina, perché i tuoi occhi belli possano tornare a guardare con passione il mondo che ti circonda.*

# 7

Ridere sempre così giocondo
ridere delle follie del mondo
vivere finché c'è gioventù
perché la vita è bella
e la voglio vivere sempre più.
*Enzo Jannacci*

I vent'anni, per noi di quella generazione lì, arrivarono quasi come una benedizione. La guerra era finita da un decennio e il Paese era già a buon punto con l'opera di rimozione, delle macerie e dei sensi di colpa, e con quella di ricostruzione, di città, speranze, futuro.

Erano gli anni del boom, della crescita, del miracolo economico e sentivamo ovunque come un profumo diffuso nell'aria e trasportato dal vento: l'odore del progresso. Le donne andavano a lavorare, al bar c'era la televisione con cui si poteva guardare il nuovo canale nazionale e in casa i frigoriferi prendevano il posto della vecchie ghiacciaie.

Milioni di giovani come me e Domenico partirono. Alcuni per posti che facevamo fatica a trovare su una cartina geografica: Argentina, Uruguay, Brasile. Altri verso il freddo della Germania e della Svizzera. Altri ancora, compresi noi due, in direzione di un'Italia diversa, quella del Nord, dove per arrivarci non dovevi attraversare nessun oceano, se non quello delle lacrime delle persone amate che lasciavi al paesello.

Milioni, una folla sterminata, che si andava ad aggiungere agli altri milioni partiti prima e durante la guerra.

Si può quasi dire che all'epoca non esistesse un posto nell'intero globo in cui non ci fosse un italiano, con i capelli scuri profumati di brillantina, impegnato a inventarsi un nuovo modo di essere paisà.

Nei primi tempi della nostra vita milanese, pieni di voglia di essere parte attiva del cambiamento, decisi a scrollarci di dosso la patina di provincialismo che sentivamo di avere, soprattutto a causa del nostro accento, delle nostre abitudini culinarie e della nostra esuberanza, partecipavamo con presenza costante alla vita del quartiere.

Porta Romana era, all'epoca, una zona operaia, l'ultimo baluardo cittadino prima della campagna, abitata per lo più dai lavoratori delle grandi aziende che sorgevano tutte intorno allo scalo ferroviario.

L'edilizia popolare che si sviluppava in fretta modificava il paesaggio, puntellato, fino a pochi anni prima, da rari palazzi nell'affascinante stile liberty.

I residenti venivano da ogni regione, calabresi, pugliesi, siciliani. C'erano i napoletani che, proprio come facevano nel famoso film di Eduardo De Filippo, che avevamo tutti visto al cinematografo, avevano costruito una rudimentale rete di supporto molto simile a un sindacato. Cantavano e suonavano molto, i napoletani, nelle trattorie a prezzo fisso, nei bar scalcagnati, nei locali pieni di fumo e affollati ogni sera, a un tiro di schioppo dai salotti eleganti e intellettuali del Duomo, eppure distanti come galassie lontane.

Finito il turno, Domenico afferrava la sua chitarra e si univa a un gruppetto di Castellammare di Stabia, che suonava, in cambio di un piatto di pastasciutta e di un fiasco di vino, un vasto repertorio che andava da *'O sole mio* a Fred Buscaglione. Lo seguivo ogni volta che potevo, imbacuccando le gemelle in due calde coperte di lana sferruzzata, unico regalo di mia madre per le sue nipoti milanesi che avrebbe visto e amato pochissimo, e prendevo posto a un tavolo dell'osteria con cucina in compagnia di qualche collega della fabbrica, potendo sempre contare, in quanto moglie dell'artista, sulla minestra calda col parmigiano e due fette spesse di pane.

Non abbiamo mai avuto, nemmeno nei momenti più felici, l'ambizione di poter vivere di quello che ci appassionava, la musica per mio marito e i libri per me. Ma ci bastava avere del tempo, anche poco, da dedicare ai nostri interessi per sentirci i più fortunati appartenenti alla nostra stirpe.

Qualche decennio dopo, Milano sarebbe scivolata in una tetra pozza di desolazione e negligenza. Gli scandali sulle tangenti, la crisi finanziaria, la corruzione, la fine della crescita, lo stallo industriale, avrebbero consegnato alle nuove generazioni un'idea sbagliata della città. L'idea che sia sempre stata cupa e spenta, senza creatività, senza vitalità, senza esuberanza.

Per almeno un paio di decenni l'avrebbero descritta come "grigia", scuotendo le spalle rassegnati all'idea di doverci vivere nonostante tutto.

Non era così, a quei tempi là.

C'era molto fumo, è vero, e polvere, tanta polvere che ricopriva ogni cosa, *calisna*, fuliggine di carbone bruciato nei camini, nelle stufe e negli altiforni, eppure l'aria che tormentava le narici era frizzante, carica di energia e aspettative, piena, pienissima di musica.

«Solo un momento, che abbasso il volume.» Nina grida nella cornetta, mentre con la mano fa ruotare la manopola della vecchia radio che ha alle sue spalle. Mi piace quando fa suonare quella scatoletta e non sceglie la musica dal suo computer. È probabile che si tratti solo di una delle mie fissazioni da vecchietta, ma ho sempre l'impressione che il suono sia molto più... autentico.

«Adesso la sento meglio» dice, quando la voce di De Gregori è ormai solo un lieve sottofondo. «Può ripetermi il titolo che aveva ordinato?»

Siamo rimaste sole per tutta la mattina. Nessuno

sembra aver bisogno di un bel libro, oggi. Un paio di passanti hanno gettato uno sguardo veloce alla vetrina, senza restarne ammaliati, e sono passati oltre.

Quando il negozio è vuoto, Nina legge. Non è affatto un modo malvagio di trascorrere il tempo. Il libro che le è stato recapitato qualche giorno prima è in bella vista sulla scrivania, accanto alla tastiera del computer. L'ha aperto una mezza dozzina di volte, leggendo la dedica e l'incipit, e poi l'ha richiuso.

«Devo iniziarlo nel momento giusto. Mi serve un'ambientazione, la luce perfetta, la musica di sottofondo ideale, la mente sgombra da qualsiasi brutto pensiero, capisci?» ha spiegato ieri a Emma, che l'ha fissata perplessa. Lei si sarebbe fiondata subito tra le pagine del regalo, magari di un misterioso spasimante, mentre Nina ha bisogno di un rituale preciso per quel testo, di una liturgia della lettura da vera fanatica.

«Se sbagli atmosfera con il primo capitolo, recuperare il resto è faticoso» aveva spiegato ancora alla fioraia, mentre io annuivo, rannicchiata nel mio angolo.

Leggere è un'attività seria e va fatta con coscienza. Ci sono libri da iniziare in treno, altri da tenere sul comodino e sfogliare a letto, alcuni che possono funzionare solo alla luce del sole splendente su una bella e affollata spiaggia e altri ancora che hanno bisogno del silenzio assoluto. Ogni lettore vero lo sa: è il volume a chiederti quando essere iniziato. Sussurra il tuo nome solo quando è pronto ed è un errore affrettarne i tempi o posticiparli troppo. Ho perso più di un'occasione di godere di un libro per una svista sul momento giusto. Ho iniziato, per esempio, con troppa premura Pavese, finendo per non capirlo, e con troppo ritardo Stendhal, arrivando a detestarlo. Nina non può permettersi che accada con quel romanzo tanto prezioso.

È un giorno tiepido di primavera e verrebbe voglia di starsene acciambellati a dormire tutto il giorno, come un gatto.

È da un po' che non penso a Foscolo, quel birbante! Un micione rosso dal muso simpatico che ha vissuto con noi fino alla scomparsa di mio marito. Alle prime luci dell'alba di una giornata umida, ce lo siamo ritrovato, piccolo, magro e malconcio, sul balcone del nostro appartamento al secondo piano. Doveva essersi azzuffato con altri randagi, vittima degli istinti della pubertà, e arrampicato su per la grondaia, per trovare riparo. Aveva un miagolio straziante, di esserino affamato, e sebbene Domenico fosse stato sempre contrario a tenere un animale in casa, intenerito dal nasino rosa e dagli occhi vivaci, aveva deciso di farlo entrare e di nutrirlo. È diventato uno della famiglia, rimanendo con noi per lunghi anni e riempiendo almeno in parte, con la sua presenza felpata, la sua coda lunga e pelosa e le fusa interminabili ai piedi del letto, l'assenza delle nostre primogenite, ormai sempre meno interessate alle sorti degli anziani genitori.

Il giorno della veglia funebre, con la salma di mio

marito rigida e pallida nella cassa di legno in salotto, il via vai di volti intimi e di semisconosciuti, l'andirivieni insolito e l'odore dolciastro di fiori e di vita che fugge via, il gatto è sparito. Quando sono rientrata dal cimitero, sentendomi solo la metà della donna che ero stata in una casa dal silenzio spettrale, mi sono accorta che non c'era più.

Forse aveva approfittato della porta lasciata aperta da qualche vicino venuto a portare le sue condoglianze o forse, nonostante i chili di troppo accumulati per essersi lasciato viziare dai suoi padroni e la ridotta agilità felina, aveva usato la strada che l'aveva portato da noi quella notte lontana, calandosi dal balcone.

In un solo giorno avevo perso entrambi i maschi della mia vita.

Li avevo pianti a lungo, lasciando la finestra aperta di notte, nella speranza che entrassero a farmi visita, ma nessuno dei due era più riapparso, se non nei pochi momenti in cui mi abbandonavo esausta al sonno e riuscivo, finalmente, a sognare.

«Scusi, signora, ma io non riesco proprio a trovarlo. Mi ripete il nome della sua prenotazione?» Nina digita sulla tastiera, tenendo la cornetta appoggiata tra la spalla e l'orecchio, e fissando lo schermo. Strizza lievemente il naso, con disappunto, poi torna al telefono. «Niente, non c'è. Tra l'altro, mi sembra strano che un ordine fatto così tanti giorni fa non sia ancora arrivato. Di solito, avviso tutti i clienti con un messaggio.»

Chiude gli occhi, per concentrarsi di più su quello che le sta dicendo la persona dall'altro capo del filo.

«No, aspetti. Forse non ho capito.»

Si sfila gli occhiali e inizia a massaggiarsi l'attaccatura del naso. Quel gesto non promette niente di buono. Bruscamente riapre gli occhi, rossa in viso, con uno sguardo che potrebbe pietrificare anche Medusa.

«Scusi, ma come posso verificare, io, da qui, dalla mia libreria, come mai Amazon non le ha spedito un dannato libro?» sbotta. È una vera fortuna che la donna si sia limitata a chiamare.

«Ma ceeerto, perché sono *tanto gentile*!» sbraita ancora, facendole il verso. «Quindi, lei fa i suoi acquisti online, in un negozio concorrente, e poi chiama me per avere supporto?»

È il primo momento della giornata in cui sono contenta che nessuno abbia varcato la soglia. Se non conoscessi così bene la dolce e tenera libraia, ne sarei terrorizzata.

«Molto bene! Sa cosa può farsene della mia cortesia?» E riattacca, prima di dare ulteriori sgradevoli dettagli alla sciagurata.

«Aaaargh!» grida, per esaurire tutta la stizza che ha accumulato. «Non sono proprio in vena di balordi, oggi!»

«Vuoi che torni più tardi, allora?»

Una ragazza non più giovanissima, dal volto scavato che fino a pochi anni fa doveva essere molto bello, si avvicina alla scrivania sorridendo.

Nina ricambia il sorriso, fa il giro del tavolo e le va incontro per abbracciarla e baciarle le guance.

«Ciao, Micky, che bello rivederti! Tu sei sempre la benvenuta, qui.»

«È un brutto momento?»

«No, non è mai davvero un brutto momento, quando gestisci un manicomio» scuote il capo, divertita. Ha già messo da parte la rabbia. Le invidio la capacità di rimuovere le brutte sensazioni così, in un battito di ciglia. «Come stai? È da un po' che non bazzichi da queste parti.»

«Hai una domanda di riserva?»

«Fammi indovinare... Ancora il lavoro?»

Le mette una mano sulla spalla e la conduce davanti alla mia poltrona, alla macchinetta del caffè.

Michela posa i suoi occhi tristi su di me e muove impercettibilmente le labbra. Ormai sono abituata a essere trasparente. Me ne sto facendo una ragione. Le esistenze stanno diventando così complicate che chi ha tempo per una vecchia signora seduta tra i libri? Ultimamente ho la sensazione di stare scomparendo piano piano, trattenuta solo dal desiderio di vedere la mia giovane libraia di nuovo felice.

Prendono le loro tazzine e restano in piedi, al centro della sala.

«Oggi ho avuto il secondo colloquio in agenzia. Hanno avuto pietà di me a non dirmi che sono troppo vecchia. Fuori mercato, mi hanno detto. "La sua figura è fuori mercato, al momento."» Sospira, fissandosi la punta delle scarpe. «A quarantacinque anni, se hai perso il lavoro, sei destinato all'inattività. Se poi leggono che hai una laurea o, magari, esperienza, ti tengono lontana come la peste.»

«Non disperare, vedrai che qualcosa verrà fuori» la consola Nina, cercando di esserle di conforto. L'ho già detto, è un'inguaribile ottimista. Una delle ultime sopravvissute sul pianeta.

«Ho anche spiegato che sarei stata disposta a tutto, servire il caffè, rispondere al telefono, ma mi hanno detto: "Noooo, non se ne parla, sarebbe uno spreco per un curriculum come il suo". Ma il vero spreco non è lasciarmi a casa senza fare nulla? Non è rinunciare a molte competenze pagate un costo bassissimo? Non è uno spreco che una persona che ha imparato tanto e ha voglia di fare e vuole rendersi utile debba restare senza un lavoro e uno stipendio?»

Nina si morde un labbro, non sapendo bene cosa dire. Anch'io resto in silenzio, rendendomi conto di non avere nessuna storia edificante che possa essere d'aiuto per la poverina.

Quanto ancora potrà durare questa calamità che chiamano "crisi"? Ne ho visti di tempi bui, nella mia vita, ma mai così privi di fiducia, come gli ultimi.

«Pensa che per risultare simpatica» continua, sempre con lo sguardo basso, come se aver perso il lavoro le avesse tolto il diritto di fissare negli occhi un altro essere umano, «ho anche detto che con me non avrebbero corso il rischio di una gravidanza improvvisa. Che cosa orribile, da dire! Come se la gravidanza fosse una disgrazia.»

Finisce il suo caffè e resta a fissare la tazzina, senza aggiungere altro. La libraia le si avvicina e l'abbraccia. Cos'altro avrebbe potuto fare per tirarle su il morale?

Poi si stacca da lei e si batte lievemente la fronte, come se si fosse ricordata improvvisamente qualcosa.

«Oggi sei la prima a mettere piede qui dentro, non l'avevo ancora dato a nessuno» dice, tornando al suo tavolo e scavando nel disordine per cercare qualcosa. «Il passaparola è la migliore delle pubblicità e nel mio caso sta funzionando benissimo.» Afferra un libretto dalla copertina flessibile e lo passa a Michela.

«*Sofia si veste sempre di nero.* Titolo interessante.» Se lo rigira tra le mani e poi lo riporge alla libraia, senza sapere esattamente cosa farci.

«È tuo!» le dice Nina. «L'hanno *sospeso* ieri.»

«Che cosa?»

«Ma sì, te l'avevo raccontato. La faccenda dei libri in regalo...»

La donna guarda ancora una volta la copertina colorata e poi finalmente ricorda e sorride.

«Quindi, questo è per me. Oddio, sono emozionata. È la cosa più bella che mi è successa oggi. Anzi, che mi è successa nell'ultima settimana. Grazie.»

«Non ringraziare me» risponde Nina. «Ringrazia...» e le fa cenno di leggere la dedica sul frontespizio.

«... Monica?»

«Esatto! Grazie, Monica.»

«Bene!» esclama Michela, con l'animo ritemprato dall'inaspettato regalo. «Adesso anch'io voglio scegliere un titolo.»

«Non sei tenuta a farlo.»

«Lo so, ma questo gesto mi ha fatto così bene che spero porti un po' di positività anche alla persona che arriverà dopo di me» dice, poggiando la borsa su una mensola e iniziando a guardarsi intorno. «Intanto puoi aggiornarmi sulle novità, tanto per aumentare ancora un po' la mia allegria. Qualche pettegolezzo fresco che mi sono persa? A proposito, tutto bene con Filippo?»

L'entusiasmo di Nina si spegne di colpo, a sentir nominare il suo ex fidanzato. Era convinta che nulla potesse farla soffrire quanto aver scoperto di non amarlo più, fino a quando lui non è venuto a raccontarle, nel patetico tentativo di riconquistarla, di aver avuto un'amante negli ultimi mesi della loro già stanca relazione.

«Ci siamo lasciati» si limita a dirle.

«Caspita, Nina. Mi dispiace moltissimo. Non lo sapevo.» Questa volta è Michela ad avvicinarsi a lei e ad abbracciarla. «E tu come stai?»

«Sono frastornata, delusa, arrabbiata, spaventata. Non lo so. Sto cercando di essere forte, perché voglio restare lucida, ma non è facile.»

«Certo che non lo è! E nessuno si aspetta che tu sia forte per forza, tesoro.»

«Lo so, lo so... ma io ho bisogno di reagire. Non sono nata per piangermi addosso.»

«Be', non disperare. Non so quanto possa esserti d'aiuto, ma sappi che, quando sarai pronta, ti innamorerai ancora. Al mondo ci sono così tanti uomini.»

E sono sicura che Nina, in questo momento, non vorrebbe incontrarne nemmeno uno. Infatti storce il naso e fa spallucce.

«Non adesso. Diciamo che ho bisogno di tempo.»

Un uomo vestito di nero entra nel negozio, le mani dietro la schiena, e osserva prima le ragazze, poi la vetrina.

«Siete ancora aperti, vedo.»

«Sì, non chiudiamo mai prima delle sette e trenta» spiega la libraia.

«Ma no!» Il tale scuote il capo, come se avesse appena sentito una sciocchezza. «Intendevo che il vostro esercizio commerciale è ancora attivo. Non vi avrei dato più di sei mesi. E invece, passo qui da qualche anno e vi trovo sempre.»

Sgraniamo tutte gli occhi (e se avessimo quegli attributi maschili lì, probabilmente ce li staremmo strizzando), mentre lo iettatore esce, ridacchiando, senza nemmeno salutare.

«Ehm, cosa diceva il tuo oroscopo stamattina?» chiede Michela, perplessa.

«Probabilmente di andare a farmi esorcizzare.»

Non ha il tempo di finire la frase che una donna,

piccola e bionda, si fionda dentro la libreria, trascinando un enorme trolley.

«Questa volta è troppo. Tuo padre l'ha fatta davvero grossa.»

«Ciao mamma.» Nina la guarda perplessa. «Cosa è successo?»

«Ho litigato con tuo padre!»

«Sai che novità! Succede così da quando sono piccola, tutti i giorni. A dire il vero, non ricordo di un giorno intero passato senza sentirvi litigare!»

«Sì, ma oggi ha davvero esagerato. Non gliela faccio passare liscia. Ho fatto le valigie e me ne vado per qualche giorno, così lo lascio solo a casa.»

«A parte che, per fargliela pagare, avresti semmai dovuto cacciare lui...»

«E no, cara la mia Nina. Tuo padre senza di me, in casa, sarà nel panico totale. Non sa nemmeno dove sta il caffè. Bastano un paio di giorni e vedrai, mi implorerà di tornare.»

«Va be', mettiamo pure che il tuo piano diabolico funzioni, dove pensi di stare?»

«Vengo da te, ma non glielo devi dire, però. Mi prometti?»

Nina si morde le labbra, pensierosa. Sono convinta di sapere cosa le passa per la testa. Mi alzo per andarle incontro. Forse avrà bisogno del mio supporto.

«Puoi chiedere a Filippo se va bene? Tanto mi metto sul divano, non ti preoccupare, non vi disturbo.»

«Ma', ecco, vedi...»

«Gli ho fatto anche la pasta al forno. Come piace a lui. L'ho messa in valigia.»

La libraia le cinge le spalle e la spinge verso la nicchia.

«Va tutto bene, Nina?» le chiede.

«Siediti un momento, per favore...»

E la fa accomodare sulla poltrona che ho appena lasciato vuota. Prima di sedersi, la madre si guarda intorno, quasi a cercare il mio permesso.

«Riguardo me e Filippo, insomma, devo dirti una cosa...»

# 8

Io vorrei ma non posso andare
È la mia croce la mia miseria
Ma è tutta la mia vita
Per me è tutto il mondo
È tutto quel che ho
*Sergio Endrigo*

«*Ossignorebenedetto*! Che disgrazia, Nina! Che disgrazia!» La mamma gira in tondo per il negozio, battendo le mani, portandosele al viso e poi sollevandole al cielo.

«Calmati adesso, per favore!» La libraia, a braccia conserte, appoggiata alla sua scrivania, sta cercando di farla ragionare già da qualche minuto.

Le ha raccontato d'un fiato tutta la storia, o meglio, una versione della storia piuttosto attendibile, in cui i fatti si sono svolti esattamente com'è accaduto, eccetto per la parte in cui lei stessa si è intrattenuta sessualmente con un altro uomo, e sua madre ha iniziato a comportarsi come se avesse ricevuto la peggiore notizia di sempre. Una reazione imprevista e alquanto eccessiva, dal momento che neppure Nina sembra così disperata all'idea di aver lasciato il suo Filippo.

«Ma come facciamo, adesso? Eh, ci hai pensato?»

«Semmai ho pensato a come faccio io. Era il mio fidanzato, ma', non ti sembra di esagerare?»

Michela è ancora nel negozio, accanto a me, e restiamo entrambe addossate alla parete vicino all'ingresso, per non dare l'impressione di voler entrare in una discussione privata. Solo che, mentre a me risulta abbastanza facile fare da tappezzeria e sono ormai ufficialmente riconosciuta come un oggetto d'arredamento della libreria, la sventurata ragazza pare aspettare soltanto il momento buono per salutare in fretta e infilare la porta. Ha provato a tossire discretamente un paio di volte per attirare l'attenzione, ma senza risultati. Di sicuro non è stata una giornata noiosa, per la poverina.

«Ma tu sei sicura? Sicura, sicura che ti ha tradito? Magari sono cose che si dicono, tra ragazzi, quando si litiga...»

«Ma ti pare? Nessun maschio confessa che ti ha messo le corna, se non l'ha fatto davvero e, soprattutto, se non è costretto a sputare il rospo. È una di quelle cose che piuttosto si portano nella tomba.»

«Ma a Natale stavate così bene insieme. Abbiamo passato delle belle feste. Gli ho fatto pure la parmigiana, se n'è mangiate tre fette!»

Servivano energie al ragazzo, non c'è dubbio.

La mia giovane amica scuote la testa, con quell'espressione da "è sempre la stessa storia".

«Voi non c'entrate niente. Si tratta di noi due. Ci siamo lasciati. Non ha funzionato.»

«Forse, se ne parlate ancora, se lui ti chiede scusa e si fa in quattro per dimostrarti che ha capito il suo errore, potrai riuscire a perdonarlo, no?»

Conosco la madre di Nina da anni, anche se non siamo mai diventate molto intime. L'ho incrociata la prima volta a poche settimane dalla mia scoperta della libreria, quando, dopo essere stata accolta a braccia aperte dalla libraia, in senso nemmeno tanto figurato dal momento che le sono svenuta davanti, ho preso l'abitudine di passare spesso a farle visita durante le mie passeggiate mattutine.

Ho sempre camminato tantissimo nella mia vita, macinato chilometri sul corso del paese con le amiche d'infanzia, per andare e tornare dal lavoro, per accompagnare le figlie qui e là, per fare le compere, per svuotare la mente prima di prendere decisioni importanti, per sbollire la rabbia nei giorni più faticosi e duri.

Non ho mai preso la patente. Ho provato qualche volta a guidare la 850 di Domenico, ma le automobili non hanno mai fatto per me. Pericolose, imprevedibili, complesse, mi sono sempre sembrate ingestibili e indisciplinate. I piedi, di loro mi fido, hanno sempre saputo dove portarmi e quando era il momento andare via.

In quelle mattine di cinque anni fa, i miei piedi ormai malconci mi trascinavano sempre più spesso verso queste pareti lilla, tra le quali ho riscoperto uno dei piaceri più intensi di tutta la mia lunga vita, quello di condividere avventure. Avrei tanto desiderato portarci almeno una volta mio marito, ma non era già più tempo per lui di continuare a esplorare il mondo. Faticava a stare in piedi e usciva sempre più raramente, aggrappandosi al bastone stretto nella mano magra e dalla pelle trasparente.

Se ci ripenso, adesso, non ho mai trovato strano o sgradevole osservare il suo corpo che invecchiava. Come non ho mai davvero realizzato il momento in cui la mia gioventù è sfiorita per sempre. Era come se, dopo tutto il tempo passato insieme, dopo un'intera esistenza a condividere tutto, gli spazi, le gioie, i dolori, la fatica, le parole e i silenzi, fossimo davvero diventati una cosa sola, un organismo unico che respirava all'unisono, fino al giorno in cui mi ha lasciata per sempre.

Una di quelle mattine in cui uscivo per andare a comprare il pane o per recuperare una copia del giornale e mi fermavo a salutare la mia nuova amica, ho trovato Lucia impegnata a darle una mano per risistemare la vetrina.

È una donna ancora giovane, la madre di Nina. L'ha messa al mondo che aveva poco più di vent'anni e ha fatto di tutto per essere sempre presente. A pensarci bene, dovrebbe avere l'età delle mie bambine e questo spiega perché non siamo mai riuscite a legare molto.

Ci sono generazioni che non sono fatte per stare insieme, come quella dei genitori e quella dei figli, e altre che, invece, trovano naturale piacersi, come la generazione dei nonni e quella dei nipoti.

«Non ho nessuna intenzione di perdonarlo, mamma. È finita.»

Lucia, occhi umidi, si porta una mano alla bocca, disperata.

«Ma com'è possibile?» domanda con un filo di voce.

«Non ci amiamo più.»

«Di già? Siete stati così pochi anni insieme, mi sembra strano che l'amore sia già finito.»

Sorrido, d'istinto, e con me anche Nina e Michela. Lucia doveva essere molto affezionata a Filippo.

A me non è successo con i miei generi. Le gemelle hanno sposato entrambe dei poco di buono. Uomini dal discreto successo professionale ed economico, non c'è dubbio, che le hanno trascinate nelle cittadine di provincia a fare le *sciure* con la villetta e il camino e il cagnolino, ma senza un briciolo di interesse per la cultura e privi di qualsiasi empatia per il resto dell'umanità. Ho provato a farmeli piacere, ad accettarli per amore delle mie figlie, ma quanto più quelli le tenevano lontane da noi, tanto più mi trasformavo nella più perfida delle arpie. Non mi vergogno ad ammetterlo, sono una donna permalosa ed esigente: se qualcuno mi manca di rispetto, e non una sola volta, ma due, tre, cento, fosse anche il più generoso missionario del mondo, diventa un nemico. E quei bellimbusti con cui le mie figlie si sono accasate sono stati più di una volta sgradevoli con me e mio marito.

«Purtroppo non decidiamo noi quando finisce l'amore» sospira Nina, esausta. Adesso riesco a capire perché ha aspettato così tanto per tirare fuori l'argomento con sua madre e provo un sottile moto d'orgoglio, che mi fa anche sentire un po' in colpa, per esserne stata messa al corrente prima di lei. «Litigavamo sempre, non ci sopportavamo più, avevamo iniziato a fare un sacco di cose da soli, senza più coinvolgere l'altro...»

«Io faccio questo da sempre con tuo padre, ma non significa mica che non ci amiamo più!»

Nina mi ha raccontato che i suoi si sono incontrati proprio litigando. Le famiglie di entrambi avevano una storia molto simile alla mia. Emigrate dal Sud per lavorare, erano andate ad abitare in una casa di ringhiera, moltiplicandosi senza freni, in un'epoca in cui i bambini erano considerati sempre benedizioni, anche quando non c'era il pane per sfamarli.

Lucia e i suoi abitavano al secondo piano: mamma, papà e sei fratelli stipati in un appartamento di due camere e cucina.

Antonio, il padre di Nina, viveva al primo piano, proprio sotto la sua futura moglie, in una casa altrettanto affollata e, naturalmente, rumorosa.

I genitori di Lucia venivano dalla Sicilia, parlavano ad alta voce, scuotevano, dopo pranzo, la tovaglia piena di briciole oltre il ballatoio, facevano confusione ogni sera spostando i mobili per aprire le brandine, prima di andare a coricarsi.

La famiglia di lui era calabrese: ascoltavano la radio a un volume altissimo, provavano a coltivare i pomodori in vaso sulle terrazzine comuni, cucinavano cibi saporiti, con tanta cipolla, sempre con la porta aperta.

Si somigliavano molto, così tanto che l'occhio poco allenato di un milanese da generazioni non avrebbe colto alcuna differenza tra le loro abitudini e i loro gusti. Eppure, forse proprio perché molto simili, erano in continua battaglia, sempre pronti a litigare, intolleranti fino all'assurdità.

Quasi tutte le sere, Antonio, il più giovane, veniva spedito al piano di sopra con una lamentela, e non trascinate le sedie, e non gettate giù la vostra immondizia e facciamo piano con queste porte, ché mica vogliamo far venire giù il palazzo!

Ad aggravare le loro zuffe, le baruffe e i bisticci, c'erano anche i bagni in comune, a disposizione di tutti i condomini, sistemati nel cortile in fondo alla rampa di scale che portava agli appartamenti, della cui pulizia si occupavano a turno e che, per nessuna ragione al mondo, potevano essere utilizzati dagli inquilini nelle ore notturne, dall'una alle cinque. Neanche se ti scappava davvero tanto, che proprio ti facevano male anche i reni, potevi sgattaiolare fuori da casa tua e farla nel cuore della notte nella turca e non nel pitale conservato sotto al letto. Era una regola non scritta, decisa da chissà chi durante chissà quale epoca di coprifuoco, che era stata tramandata di padre in figlio come un precetto religioso e che tutti rispettavano scrupolosamente, nonostante l'assurdità, e che, se infranta, avrebbe potuto dare inizio a faide decennali.

Il piccolo Tony (così si presentava, per sentirsi più alla moda e per provare a emanciparsi da quel nome che già era stato di suo nonno e che lui non aveva mai amato) per anni aveva fatto da messaggero tra le due famiglie, salendo e scendendo la rampa di scale, bussando con le nocche sulla porta dalla vernice scrostata, rimanendo in piedi sull'uscio, con il freddo o con la calda umidità che toglieva il fiato, a volte provando ad alzare la voce, altre sospirando esasperato, con il solo desiderio di rientrare in casa a farsi i fatti suoi.

Lucia, la più giovane delle figlie, che veniva lasciata spesso a badare ai fratellini e a occuparsi delle faccende di casa, era anche incaricata di raccogliere le lamentale dei calabresi del piano di sotto e di fare in modo che il ragazzo magro, che veniva sempre a rompere le scatole con una nuova, se ne andasse in fretta, senza troppe storie.

Si conoscevano da sempre, Tony e Lucia, da quando, piccolini, usavano le mura del cortile come perimetro del loro mondo. Erano cresciuti insieme, litigando, alzando la voce, facendosi dispetti, e, come accade a tutti i giovani Montecchi e Capuleti, con l'arrivo dell'adolescenza, si erano improvvisamente resi conto che sotto i rovi inestricabili dell'odio stava spuntando la gemma delicata dell'amore.

«Voi avete sempre battibeccato, ma'. Fate questo da generazioni. È l'unico modo che conoscete per stare insieme» risponde Nina, spazientita. Ho l'impressione che sia rimasta ferita dalle repliche della madre. Probabilmente, dopo la confessione dolorosa, si sarebbe aspettata un abbraccio. Ma i genitori sono così, quasi sempre deludenti, nonostante tutte le loro buone intenzioni. È il mestiere più infame, quello di crescere i figli.

«Per noi era diverso» continua, con un accenno di commozione nella voce. «Filippo e io siamo sempre andati d'accordo, su tutto. Avevamo gli stessi gusti, gli stessi interessi, ci piaceva la stessa musica e volevamo vedere gli stessi film. E poi, anni fa, mi ha appoggiata e aiutata, quando volevo aprire la libreria. E io gli sono stata vicina e l'ho sostenuto con passione, quando è andato tre mesi negli Stati Uniti per il corso di formazione.» Si arresta di colpo, dopo l'ultima frase. Tutte noi presenti immaginiamo cosa le stia passando per la testolina. E se l'avventura degli ultimi tempi non fosse stata la prima? E se durante le settimane lontano da lei avesse conosciuto altre donne? È questo che fa un tradimento: mette in discussione tutto, cambia la forma di ogni avvenimento, anche di quel passato che credevi ormai scolpito nel granito.

«Nina cara, c'è qualcosa che posso fare per te?»

Michela approfitta della breve pausa per tentare la fuga. Ho il sospetto che abbia già fin troppi drammi nella vita per poter assistere anche a quelli degli altri.

La libraia si porta le mani alle guance, come se si fosse resa conto solo in quel momento di avere un pubblico. Benvenuta nel mio mondo, quello degli invisibili, amica!

«Oddio, scusami tanto, Micky! Stavamo scegliendo il tuo libro e mi sono distratta» le dice andandole incontro, mentre sua madre sprofonda nuovamente nella mia poltrona.

«Non fa niente, possiamo farlo un'altra volta. Devo proprio scappare e tu... Insomma, anche tu hai altro a cui pensare» risponde, baciandole in fretta le guance e spostandosi velocemente verso la porta.

«Aspetta, non dimenticare questo!» Nina le corre incontro, con la copia del romanzo sospeso. La ragazza lo infila in borsa e le sorride, prima di tornare alla sua giornata.

Cala il silenzio. Nessuna parla.

Nina sembra scivolare nuovamente nella melma della tristezza dalla quale a fatica stava cercando di riemergere. Sua madre non ha più nemmeno un granello della rabbia con cui aveva fatto il suo ingresso in scena e dà l'impressione di essere alquanto preoccupata per il destino di sua figlia. Io le osservo e mi chiedo se, vista da fuori quando ero in compagnia delle gemelle, anche io sono stata, per chi mi conosceva bene, un libro così aperto.

Tony e Lucia avevano scoperto molto giovani di essersi innamorati e avevano capito da subito che la loro unione non s'aveva da fare. I rapporti tra l famiglie erano ormai logorati da anni di reciproche accuse e rivendicazioni e, sebbene ogni attrito potesse essere risolto con una lunga chiacchierata e un po' di buonsenso, la loro rivalità era ormai storia e preferivano continuare a coltivarla come una tradizione, piuttosto che lasciarsela alle spalle. Ma i nostri Romeo e Giulietta di ringhiera non si davano pace. Avevano deciso che si sarebbero sposati, anche se lei non aveva ancora compiuto diciott'anni. A quell'età hai così tanta fretta di vivere che non pensi alle conseguenze delle tue scelte.

Del resto, anche io sono stata una sposina giovane e una madre appena ventenne. Ma ai miei tempi non c'era alternativa. O ti trovavi un marito e riuscivi ad avere una vita indipendente o restavi con tuo padre e tua madre, con l'unica speranza di non rimanere zitella fino alla tomba.

Quindi, alla fine di quegli anni Settanta che per tutti noi erano il periodo dei diritti civili, del divorzio, dell'aborto che non era più reato, del *chi non lavora, non fa l'amore*, dell'ideologia che diventava cupa, delle piazze che si tingevano di rosso e poi di nero, della paura delle stragi, della Lotta e del Movimento con le iniziali maiuscole, gli anni della trasgressione, dei pistoleri nelle strade, delle donne con i pantaloni a zampa e le camicie a fiori, alla fine di quegli anni esplosivi e caotici, quei due giovani innamorati, all'oscuro della grande rivoluzione che gli cresceva tutto intorno, salirono su un treno diretto in Calabria e arrivarono a casa del signor Antonio, il bisnonno di Nina, colui che aveva dato in prestito il suo nome al piccolo Tony e che l'accolse a braccia aperte, assecondando la loro fuga d'altri tempi che tutti chiamavano "fuitina".

Erano scappati di casa, lui diciottenne, lei diciassettenne, figli di una tradizione meridionale che ancora esigeva un matrimonio riparatore al minimo sospetto di un'avvenuta consumazione di atto sessuale. Si fuggiva per rendere pubblica una relazione altrimenti scandalosa e, una volta che era ormai sotto gli occhi di tutti, non si poteva fare altro che salvare l'onore. Perché la libertà e l'amore sono conquiste davvero recenti, ma per lungo, lunghissimo tempo, in Italia il sentimento più importante era l'onore.

«Va bene tesoro. Non ti preoccupare. Non pensarci più. Vedrai che tutto si sistema.» Lucia si batte le mani sulle cosce e si alza per avvicinarsi a Nina. Deve aver digerito la notizia e inizia a rendersi conto che forse sua figlia ha bisogno solo di un po' di affetto e comprensione. «Così te la puoi mangiare tutta tu, la mia pasta al forno» le dice sorridendo, mentre l'abbraccia.

«Devo ammettere che credevo che mi si sarebbe chiuso lo stomaco, a soffrire per amore» le risponde Nina, lasciandosi avvolgere dalla stretta. «Tutte le mie amiche hanno perso un sacco di chili quando sono tornate single. Mi sa che con me non funziona!»

Le invidio l'appetito di ferro. Non riesco nemmeno più a ricordare che sapore ha il cibo, ormai.

Sono ancora avvinghiate al centro del negozio, coccolandosi a vicenda, quando il telefono squilla. Nina si allontana dalla mamma e corre a rispondere. In quel momento, un uomo barbuto, trasandato e con un lungo cappotto nero entra e si dirige verso lo scaffale della poesia. La libraia lo osserva con la coda dell'occhio, concentrata su quello che sta ascoltando.

«Sì, una donazione... Capisco» la sento dire, mentre mi avvicino il più possibile al cliente, per controllare che non faccia qualche pazzia.

Autoinsignitami del ruolo di vicelibraia, mi sento in dovere di sostituire la mia giovane amica sul campo, quando lei è impegnata.

«A dire il vero, non ho ricevuto nulla... Ma è un tale caos, qui, dovrei controllare...»

La telefonata prosegue e io sono subito al fianco dell'uomo nero. Sta sfogliando le poesie di John Keats, tenendo aperta la copia con entrambe le mani, proprio davanti al viso, con il naso così vicino da toccare quasi le pagine. Sbatte un paio di volte le palpebre dei suoi occhi piccoli e scuri e poi inizia a muovere le labbra, come se stesse leggendo, ma senza emettere suono, alzando e sollevando le spalle, come per darsi il ritmo.

Lucia si avvicina al tavolo e tocca un braccio di Nina, che si era voltata per cercare qualcosa tra i suoi documenti, per attirare la sua attenzione.

«Guardi, ha ragione, capisco che deve risolvere la faccenda, ma mi dia qualche giorno per organizzarmi. Sì, certo che sono interessata. No, non li dia via, la prego... Gliel'ho promesso...» sta dicendo, mentre gira la testa in direzione dell'avventore.

«MI HAI RAPITO VIA L'ANIMA CON UN POTERE CUI NON POSSO RESISTERE!» urla quello, all'improvviso, facendomi vivere un'esperienza molto simile all'infarto.

«Scusi, devo proprio lasciarla. Le prometto che la contatterò non appena avrò recuperato i documenti. Grazie.» La libraia cerca di chiudere la telefonata in fretta, con le mani sul microfono della cornetta per cercare di mascherare le grida del poeta pazzo.

«MI SFORZAI SPESSO DI RAGIONARE CONTRO LE RAGIONI DEL MIO AMORE» prosegue il fenomeno, spostandosi verso il centro del negozio, tenendo sempre il libro ben saldo davanti agli occhi e rischiando di andare a sbattere contro gli scaffali.

«Posso aiutarla?» Nina cerca di parlargli con gentilezza, tenendosi a un paio di metri di distanza. Anch'io mi sono allontanata. Non è proprio il caso di fare l'eroina.

L'uomo, invece di abbassare il libro per guardarla, lo porta su, all'altezza della fronte. Devo fare un grande sforzo per non mettermi a ridere, mentre Lucia diventa sempre più preoccupata.

«NON POSSO RESPIRARE SENZA DI TE» aggiunge il matto, con il solito tono di voce da tenore della Scala, recitando il verso a memoria e tenendo ancora il libro in alto, come un vessillo.

«Bene, ehm... È interessato alla poesia? Vuole acquistare il libro?»

Di colpo l'uomo abbassa le mani e la fissa stringendo gli occhi, con un'espressione minacciosa, ma al tempo stesso estremamente buffa, forse a causa delle sopracciglia sottili che stridono con il barbone lungo e trascurato.

Nina si morde il labbro inferiore, come fa sempre quando ha bisogno di spremere le meningi e farsi venire un'idea in fretta. Non è facile avere a che fare con persone così, diciamo, eccentriche. Non sai mai come reagiranno alle tue parole. Potrebbero scoppiare in lacrime, restare in silenzio, ridere, rispondere con senno oppure, caso che andrebbe sempre evitato, potrebbero arrabbiarsi. E se un uomo grosso e alto, con un cappotto lungo nero, la barba incolta che gli ricopre tutto il collo e un vago odore di bar di terza categoria dovesse perdere le staffe, cosa potrebbero fare tre donne sole, di cui una così anziana da essere quasi mummificata?

«NON...» ripete, sempre gridando «POSSO...» e facendo una lunga e spaventosa pausa tra ogni parola, «RESPIRARE...» Ci spaventa ancora di più.

«Bellissima poesia, Sergio!» Una voce alle nostre spalle interviene, seguita da un battito di mani, un solitario applauso. «Bravo. Sei sempre il migliore. Posso vedere quel libro?»

Nina e io restiamo a bocca aperta, nello scoprire il volto del nostro salvatore.

Leonardo, il musicista biondino, tende la mano e toglie la copia della raccolta di Keats dalle dita dell'uomo nero. Si gira poi verso la libraia e le strizza un occhio con complicità.

«Signore» dice, dando una pacca sulla spalla del pazzo, improvvisamente mansueto, «Sergio è uno dei più grandi poeti viventi...»

Lo scorta versa la porta e questi lo segue senza fare storie. Una volta sul marciapiede, lo saluta mostrandogli tutti i denti in un tentativo di sorriso.

«... purtroppo, come quasi tutti i poeti, passa più tempo sul suo pianeta che nel mondo reale» aggiunge, poi, ritornando verso di noi.

Porge il libro appena salvato a Nina, le cui guance diventano subito incandescenti.

«Be', grazie... Ma io ti-ti conosco!» balbetta lei, in imbarazzo, probabilmente ricordando la sgradevolezza con la quale il nostro paladino è stato accolto la prima volta tra queste mura.

«Uh, meno male che sei entrato! Ci hai salvato la vita.» Lucia gli corre incontro, stringendogli la mano e scuotendola con forza. «Chissà cosa poteva farci, quel balordo!»

«Ma no, signora, è innocuo» lo difende lui. Sembra

conoscerlo piuttosto bene e probabilmente non è la prima occasione in cui è costretto a intervenire per aiutarlo.

Ancora una volta, questo giovane sconosciuto mi porta alla memoria Domenico. Anche lui era amico di tanti, molti, infelici, e si faceva in quattro perché fossero accettati dalla nostra piccola comunità.

«Sarà come dici tu, ma a me ha fatto paura. Sembrava proprio indemoniato! Non so cosa avremmo potuto fare, noi!»

«"Una specie di demonio si aggira dunque per la città, invisibile"» ridacchia lui.

Nina sgrana gli occhi e lo fissa con sorpresa. So che ha colto la citazione, come l'ho colta io.

«Lo dico sempre a mia figlia che è pericoloso stare qui da sola, in negozio.» Lucia continua il suo comizio. «Può succedere qualunque cosa, può entrare chiunque, se uno lascia la porta aperta...»

«Ma se non lascio la porta aperta, come fanno a entrare i clienti?» ribatte Nina, scuotendo il capo. Ha sentito così tante volte il discorso sulla sicurezza, su quanto è diventato pericoloso il quartiere, su come fanno paura gli stranieri e su "bisogna adeguarsi ai tempi" che le viene la nausea. Si è sempre rifiutata di vivere nel terrore, di avere paura della gente. È vero, a volte rischia di finire in situazioni spiacevoli, ma da quando ha aperto la libreria sono state molte di più le volte in cui ha ricevuto belle energie dalle persone che quelle in cui ha temuto per la sua incolumità.

Lucia lascia perdere, sbuffando. Nemmeno lei ha voglia di tornare sempre sullo stesso argomento. Ha vissuto troppe emozioni in una sola giornata. E pensare che fare i bagagli e andarsene di casa doveva esserle sembrato il gesto più forte compiuto oggi.

«Grazie, ancora» dice Nina, rivolgendosi a Leonardo che è rimasto, mani nelle tasche dei jeans e sorriso largo, a guardarla. «È stata una vera fortuna che tu passassi da queste parti e abbia sentito il tuo amico... ehm... declamare.»

«A dire la verità, stavo venendo da te.»

Lei inarca le sopracciglia, sorpresa.

«L'altra sera ho cercato di dirtelo. Devo aiutarti con la donazione, quella dei libri.»

La libraia si batte la fronte con due dita, avendo finalmente incastrato tutti i pezzi del puzzle.

«Ecco cosa hai cercato di dirmi, l'altra sera. Ho appena ricevuto una telefonata di spiegazioni. Scusa, ero davvero molto stanca...»

«A me sembravi piuttosto su di giri» ammicca lui, mimando il gesto di tracannare da una bottiglia con il pollice di una mano.

Nina si incupisce, seccata. Non le piace fare la figura della scema. E soprattutto non le piace che un maschio, appartenente alla categoria dei falsibugiarditraditori glielo faccia notare. Alcuni argomenti la rendono molto suscettibile.

«Non è carino dare dell'alcolizzata a una persona

che nemmeno conosci» pronuncia stizzita la libraia mentre lo fulmina con lo sguardo.

«Ehi, che permalosa, stavo scherzando! Non ti irrigidire.»

So che le intenzioni del ragazzo sono buone, ma la scelta lessicale è stata proprio infelice. Dare a Nina della permalosa e della rigida potrebbe trasformarla in una tua nemica nei secoli dei secoli.

Lei gli dà le spalle e si mette a sistemare alcuni libri su una mensola già perfettamente in ordine.

«Senti, per la faccenda dei libri, al momento sono un po' impegnata. E poi mi hanno mandato un documento con una chiave, boh, non mi pare di averlo mai ricevuto» mormora, continuando a evitare i suoi occhi.

«Uhm, va bene. Mi avevano detto che era una cosa urgente, ma se non puoi...»

«Ho tante, tantissime cose da fare...»

Lui si gratta la testa, osservandola spostare di un millimetro una pila di romanzi per allinearli ad altri.

«Ti lascio il mio numero, ok? Così puoi chiamarmi tu.»

Si avvicina alla scrivania e cerca con lo sguardo una penna. Tira fuori dalla tasca del suo cappotto da marinaio un biglietto usato del metrò e ci scribacchia dietro il numero. Fa per passarlo a Nina, ma lei continua a voltargli le spalle, così lo abbandona in bella vista sulla tastiera del computer.

«Ci sentiamo, allora» le dice, dirigendosi verso l'uscita. «A presto, Nina.»

«Aspetta!» Lucia lo ferma, con un piede già fuori dal negozio. «Aiutami per favore» lo supplica, passandogli il manico dell'enorme trolley con cui si è presentata qualche ora prima in libreria.

«È troppo pesante, non credo di farcela a riportarlo a casa. Mi accompagni per un pezzo di strada, per piacere? Se vuoi, ti offro il caffè.»

Leonardo annuisce, le prende galantemente la valigia e l'attende fuori dal negozio.

«Ma non dovevi fermarti da me?» chiede Nina, basita.

«Scusami, tesoro, ma tuo padre starà tornando a casa e ho pensato che è meglio che mi trovi là. Se no chissà che guai combina da solo.»

La stringe forte e le dà due baci sulle guance.

«Passa a cena, stasera, mi raccomando. Ci mangiamo la pasta al forno. L'ho fatta senza formaggio, proprio per te. A tuo padre lo metto a parte. E pure le polpettine» le dice, in dissolvenza, sparendo insieme al giovane e lasciandoci ancora una volta sole a chiederci quanto è strano e vario e incomprensibile questo mondo.

# 9

Ma verrà un giorno che ritornerò
ancora qui
E sentirò l'amico treno che
fischia così... «wa wa»!
*Adriano Celentano*

«Sono subito da voi! Finisco con i signori e arrivo» dice la libraia a due ragazze appena entrate, che si guardano intorno con curiosità.

Questo sabato mattina il negozio è affollato. Quando Nina ha tirato su la saracinesca intorno alle dieci e tre quarti, con la sua puntualità, diciamo, alternativa, (l'orario di apertura sarebbe alle dieci e trenta) c'erano già un paio di clienti ad attenderla.

Di solito, restiamo da sole fino quasi all'ora di pranzo, a meno che Emma o qualche altro commerciante amico della zona non decida di passare a bere un caffè. Ma oggi sembra che tutti abbiano una gran voglia di acquistare libri ed entrano sorridendo, bisbigliando tra di loro e dandosi gomitate per indicare questo o quello.

«Sì, sono io quella dell'articolo» risponde Nina, fissando la pagina del quotidiano che un tale le sta mostrando, in cui appare fotografata in mezzo a tutti i suoi amati libri. La poverina è così in imbarazzo che le orecchie sono rosse al punto che ho il timore che possano prendere fuoco.

Ci auguravamo di cuore che l'intervista concessa qualche giorno fa potesse farci un po' di pubblicità, ma questa folla calorosa supera ogni nostra immaginazione.

È vero che le notizie passano in fretta, a maggior ragione in questi tempi veloci e distratti, e che forse, purtroppo, tra qualche giorno torneremo ai nostri ritmi abituali; ma è così bello vedere oggi tutte queste persone fare la fila per acquistare dei sogni. E soprattutto, scegliere libri da lasciare sospesi per tanti altri sognatori.

«Mamma, puoi fare tu lo scontrino ai signori?» Lucia è stata reclutata all'ultimo momento per dare una mano. Abbiamo provato da sole a gestire l'emergenza, ma io non sono in grado di usare un computer o tutti quegli aggeggi tecnologici che leggono i codici a barre e che mandano richieste di prenotazioni in quell'iperuranio che i giovani chiamano "internet". Le macchine più evolute che ho imparato a utilizzare sono state la mia Lettera 41 dell'Olivetti, una enorme fotocopiatrice arrivata in ufficio negli ultimi anni prima del mio pensionamento e un videoregistratore, regalo dei miei generi, che, però, né io né Domenico siamo mai riusciti a programmare. Nina non mi chiede mai di aiutarla in cassa. A dire la verità, non mi chiede mai espressamente una mano perché non vuole approfittarsi di me. In fondo sono solo un'amica che passa a farle compagnia e a trovare ristoro, in questo piccolo (e oggi troppo affollato) ospedale dell'anima.

«Fagli la tessera per le convenzioni, mi raccomando!» aggiunge, sorridendo alla pila di titoli scelta dai nuovi clienti.

Lucia esegue velocemente, con l'efficienza tipica delle persone che hanno passato tutta la vita a lavorare. Da qualche mese, l'azienda di cui è dipendente ha dato inizio a un brutale ridimensionamento che sta trascinando tutti i lavoratori in lunghe lotte sindacali. A turno, con le sue colleghe, anche quelle con più anzianità di servizio come lei, è costretta a restare a casa per qualche giorno di cassa integrazione e ne approfitta per fare da babysitter alla nipotina, aiutare sua figlia con la libreria o litigare con il marito e poi fare la pace.

Un ragazzino poco più che ventenne regge in mano la sua copia di *Guida galattica per gli autostoppisti*, mentre attende il suo turno per pagare. Una donna dall'aria annoiata, probabilmente sua madre, gli si affianca spazientita.

«Hai preso un libro, alla fine?» gli domanda.

«Sì, voglio sospenderlo» risponde lui, entusiasta.

«Ah» mormora lei. «Ma poi potremmo almeno sapere a chi è andato in regalo il libro che abbiamo scelto?»

«Be', l'idea è che il libro viaggi di mano in mano disinteressatamente» interviene Nina, spiegando ancora una volta le regole del gioco.

La donna la guarda seria, senza alcun accenno di un sorriso. Solleva la mano del ragazzo e sbircia il titolo del volume scelto.

«Ma questo lo volevo leggere anche io!» esclama.

«Be', compralo allora!» le suggerisce lui, un po' nervoso.

«Ma scusa, perché ne devo comprare una copia, se tu la stai già prendendo per regalarla?» insiste.

«Perché, come ti ho già detto, questo lo lascerò come libro sospeso» le risponde lui, abbassando il tono della voce.

«Sospendilo per me, allora!»

«Ma cosa dici...» continua a bisbigliare. «Non si può fare!»

«Perché? Se vuoi, posso uscire e rientrare appena l'hai pagata, così sono obbligati a darla a me, che sono la cliente successiva.»

Il giovane si porta una mano al viso, disperato. Ho il sospetto che debba avere spesso conversazioni antipatiche con sua madre e provo un istintivo affetto per lui.

«Quindi, scusi...» La madre prova ad attirare di nuovo l'attenzione di Nina. «Non si può lasciare a una persona specifica che poi viene a ritirarlo?»

Sarei quasi tentata di rispondere con una bella dose di sarcasmo, quando mi rendo conto che in una giornata così fortunata non è il caso di mettersi a fare la solita brontolona. Mi limito, allora, a scuotere soltanto la testa in segno di disapprovazione. Ma che senso ha, mi chiedo, lasciare sospeso un libro per un amico che già conosci? Non fai prima a prenderglielo e a regalarglielo? In fondo, si è fatto così da sempre: compro un oggetto che so che apprezzerai e te lo offro.

Ma qui, nel nostro mondo lilla, stiamo provando a fare qualcosa di diverso. Stiamo lasciando nelle mani del destino una storia, delle parole, delle suggestioni per qualcuno di cui ignoriamo addirittura l'esistenza. Un libro sospeso non è un dono interessato, non è un tributo da versare in una giornata di festa obbligata, come un compleanno o il Natale, è un gesto spontaneo, è la condivisione di un'emozione con un altro essere umano con il solo scopo di spartire qualcosa di bello.

«A dire il vero, non sappiamo a chi consegneremo il libro» risponde la libraia con gentilezza, ignara della conversazione che ha preceduto il quesito.

Il ragazzo paga, lascia una dedica sul libro, appoggiandosi a uno spigolo del tavolo sempre stracolmo di scartoffie, consegna il romanzo a Lucia e si catapulta verso l'uscita del negozio, con un'espressione di vivo imbarazzo.

«Sempre queste figure di merda, mi devi far fare!»

lo sento sussurrare alla madre, mentre sgattaiolano fuori a tutta velocità.

Nina è al settimo cielo e continua a conversare amabilmente con tutti. Alcuni sono solo curiosi, altri sfogliano qualche quarta di copertina, alla ricerca di un titolo che faccia al caso loro, altri ancora si affacciano soltanto per guardare questa piccola bottega tanto lodata dal giornale.

«Non ci avevo mai fatto caso che avesse aperto una libreria» dice un uomo canuto, stringendole la mano. «Eppure abito qui da una vita intera. Ma sa, da un po' di anni a questa parte ho smesso di passare le mie giornate gironzolando. Un tempo c'era la sezione del partito, il circolo, le trattorie economiche, il bar dove andarsi a fare una partita a carte... Non ho più il fisico per la vita di strada, così me ne resto chiuso in casa a guardare la televisione. In fondo, non mi dispiace. Questo quartiere è cambiato così tanto che faccio sempre più fatica a capirlo. È meglio che resti in mano a voi giovani, che avete ancora la voglia e la pazienza di trasformarlo come credete.»

Osservo la sua faccia piena di rughe e mi sembra di riconoscerla. Non perché abbia mai davvero incontrato prima quest'uomo, ma perché in lui rivedo la mia età, il mio passato, i miei ricordi legati alle strade che ci circondano e la mia nostalgia.

È un sentimento inutile e crudele, la nostalgia, perché non ha soluzione. Non si può tornare indietro, non si può cancellare il tempo vissuto, non si possono rivivere esistenze andate per sempre.

Un tempo qui, a poche decine di metri da noi, arrivavano e partivano treni in continuazione. Portavano passeggeri stipati nei vagoni sporchi del solito fumo nero che non ci abbandonava mai. Erano gli operai che arrivavano dalla provincia, per riversarsi nelle manifatture, nelle officine, nelle fabbriche con le fornaci sempre accese. La ferrovia era un essere animato, una cosa viva, che tutto il giorno sbuffava, brulicava, strisciava. A guardarla adesso, deserta, attraversata solo da sparuti veicoli delle linee suburbane, spesso ritrovo di disperati, drogati in cerca di una fuga, vagabondi bisognosi di un riparo, stranieri senza più una patria, un'identità e la dignità, a caccia di un nascondiglio, è difficile immaginare che sia stata, per lungo tempo, il centro esatto del mondo. Del mio mondo.

Addossate alle pareti della stazione, c'erano ogni giorno centinaia di biciclette. I pendolari le lasciavano tutta la notte in attesa, legate le une alle altre, come animali obbedienti in una stalla. Quando poi giungevano in città, le inforcavano per fendere le strade e arrivare ovunque il dovere li chiamasse.

Negli anni Cinquanta e Sessanta, gli anni in cui ho imparato ad amare Milano, i giovani seguivano le vicende del pallone e ne erano appassionati, ma il vero grande amore era solo quello per il ciclismo.

C'erano l'attesa spasmodica per il Giro d'Italia, la

rivalità tra Coppi e Bartali e il tifo sfegatato, c'erano Eddy Merckx contro Gimondi e i mondiali sulla bellissima pista di legno del Velodromo Vigorelli.

Fausto, un collega di Domenico, che correva come un fulmine con le sue gambe magre e muscolose, ci regalò due biglietti per andare a vedere «un gruppo inglese di cui parlano molto bene», al Vigorelli. Sua moglie non era riuscita a spostare il turno e lui non aveva nessuna voglia di andarci da solo.

«Dome', vacci tu che ci capisci di più di musica!» aveva detto, seduto al tavolo del nostro tinello a bere caffè.

Così, il 24 giugno del 1965, mio marito e io, in sella alla Lambretta, raggiungemmo il celebre impianto sportivo e assistemmo, in una giornata dal caldo asfissiante, senza nemmeno rendercene conto, al primo concerto italiano di quei quattro giovani di Liverpool che avrebbero cambiato il destino della musica.

C'è troppa confusione, qui in negozio.

Un paio di clienti di vecchia data hanno portato qualche amico a curiosare e stanno chiedendo a Nina di posare con loro per alcune foto scattate con i telefoni. L'atmosfera è festosa ed è molto probabile che stasera, dopo mesi di vacche magrissime, l'incasso sarà finalmente decente. Eppure, nella folla allegra ed entusiasta, in mezzo a tanta energia, mi sento evaporare.

Forse sono troppo debole per questa gioiosa baraonda.

Se non avessi il terrore di uscire da questo spazio

sicuro, dal mio microscopico nuovo universo, me ne andrei a zonzo per vedere cosa resta di tutto quello che ho conosciuto.

Riqualificano.

L'ho sentito dire spesso, nell'ultimo periodo. Il quartiere ha perso valore e qualità, allora hanno pensato di restituirglieli con qualche oculato investimento, con ambiziose ristrutturazioni, con architetti alla moda pronti a trasformare il volto dimesso e trascurato del vicinato.

Chiuse le fabbriche, spenti gli alti e stretti forni di mattoni, allontanati i treni merce che trasportavano il progresso, svuotate le botteghe e le officine, svendute per dare vita ad anonime rivendite di oggetti costruiti dall'altro lato del mondo, tolti dalle osterie i tavoli in cui pranzavano gli operai, per fare spazio a infernali macchinette per il gioco d'azzardo, svuotati i cortili dalle sedie su cui gli anziani passavano il tempo in attesa dei figli operai, e riempiti di automobili, sempre di più, costantemente alla ricerca di spazio, spazio per i parcheggi che viene sottratto ai ragazzini che ormai non possono giocare per strada, allontanati i volti dei lavoratori felici di avere uno stipendio, sostituiti dagli occhi spaventati dei giovani precari, dagli sguardi arrabbiati degli studenti che hanno perso troppo presto la fiducia, dai sorrisi rassegnati degli stranieri venuti a cercare un'America che non esiste, cancellati, negli ultimi vent'anni, gli spiriti guerrieri e testardi che avevano reso questo deserto dei Tartari una valle incantata, non resta, forse, che radere tutto al suolo e poi ricostruire, nella speranza che i vetri scintillanti dei nuovi edifici attirino un'umanità migliore di quella che siamo diventati noi.

Lentamente sono arrivata alle scale del cavalcavia pedonale, dietro la fermata del treno di Porta Romana. Gli occhi continuano a darmi fastidio, limitando la mia percezione dei colori. Mi arrampico sugli scalini, senza troppa fatica, leggera, come svuotata dalla gravità dell'esistenza frenetica che mi sfreccia accanto. Ho già dato, già vissuto e non mi preme più in petto il bisogno di essere ancora.

Attendo con pazienza che mi lascino attraversare le strisce, e scivolo lungo via Brembo, costeggiata dai binari larghi e vuoti. Ci sono cantieri, impalcature già pronte per rifare il trucco a tutti i palazzi vecchi, davanti ai quali, la sera, le labbra con troppo rossetto delle prostitute adescano i clienti. Più avanti, mi hanno raccontato, è appena sorto un grande centro in cui si faranno cultura e arte e che attirerà turisti da tutto il mondo, nei suoi scintillanti spazi, recuperati da una vecchia distilleria. L'entusiasmo per il nuovo che arriva è già nell'aria, diffuso come la polvere che conoscevamo allora. Sull'onda dell'eccitazione, aprono nuove trattorie e le vecchie, che sono sopravvissute fino a oggi all'invasione dei kebab, sistemano le insegne e apparecchiano per i nuovi avventori. Ci saranno uffici e nuovi professionisti e i prezzi delle case saliranno e noi potremo guadagnarci di nuovo da vivere, pensa la gente, e ritorneranno anche i treni e tutti vorranno visitare il nostro quartiere rimesso a nuovo.

La vecchia cartiera di via Calabiana in cui, quasi due secoli fa, Alessandro Manzoni portava a stampare le opere che l'hanno reso immortale insieme alla sua Milano, non produce più fogli né pagine. Anche qui non ci sono più i braccianti, gli operai con le mani grosse e le Nazionali senza filtro nelle tasche delle tute. Al loro posto ci sono visi puliti, corpi magri, abiti costosi, lingue straniere fluenti e occhi pronti a visitare tutto il mondo.

Forse è vero che non finisce niente e che le cose, semmai, si trasformano. È probabile che dopo un'agonia lenta e lunga ci sia nuovamente la guarigione, il benessere. La passione e l'euforia di Nina, insieme alla sua coraggiosa, magari folle, visione rosea della vita, me l'hanno fatto capire.

Non tutto è perduto. È solo un nuovo inizio.

Ma mi chiedo, mentre ritorno lentamente verso la mia poltrona, attraversando a ritroso i viali in evoluzione, se ci sia ancora posto per me, in questo angolo di città.

«Hai avuto davvero un bel coraggio a presentarti qui!»

La voce della libraia mi sorprende mentre sono sulla rampa di scale che collega il cavalcavia all'ingresso posteriore della stazione.

Scendo ancora un paio di gradini e la vedo, in fondo alla stradina che conduce a via Sannio, in compagnia di un ragazzo moro e alto, il cui volto mi appare conosciuto, sebbene non riesca ad attribuirgli un nome.

«Ho letto l'articolo... Mi è venuto un tuffo al cuore, nel vederti, così bella e sorridente in quella foto. Non ho resistito e ti sono venuto a cercare.»

«Non hai resistito... Lo immagino! Tu assecondi sempre il tuo istinto, vero?» Lei grida, senza guardarlo nemmeno in faccia, accanendosi con rabbia su una povera foglia di edera rampicante che viene strappata per sempre alle sue sorelle.

«Sei ingiusta con me...»

«Sono cooosa?» esplode. «Non puoi essere serio, Andrea. Sei stato un bugiardo e un verme e mi hai usata per i tuoi capricci. Non mi sembra tu possa permetterti di parlare di giustizia.»

Andrea, l'amante sposato, la scintilla che ha fatto deflagrare la storia tra Nina e Filippo, l'uomo che le aveva regalato il sorriso per poi lacerarle brutalmente il cuore, l'illusione di un nuovo amore che si era rivelata essere solo una menzogna.

Devo averlo incrociato in libreria, nei giorni precedenti il mio incidente. Se ben rammento, era passato a comprare dei libri un paio di volte e si era attardato a chiacchierare con Nina.

Un discreto oratore, gliene va dato atto, era riuscito subito a interessarla. Le aveva parlato di letteratura, di arte, le aveva citato nomi di musei e luoghi di città lontane che aveva visitato. E l'aveva fatta ridere: quando fai ridere una donna sei già a un passo dalla sua anima.

Non mi pare di averlo rivisto spesso, in seguito. Probabilmente si erano scambiati i numeri di telefono e avevano cominciato quel corteggiamento virtuale fatto di brevi frasi, pezzi di canzoni, foto e chiacchierate notturne che è alla base di ogni amore contemporaneo.

Ricordo che la giovane libraia controllava in continuazione quell'aggeggio infernale e indispensabile che ormai non serve nemmeno più a chiamare, con la trepidazione di chi attende una buona notizia. Appena il cellulare vibrava, si fiondava alla scrivania o lo sfilava dalla tasca, per leggerne subito il contenuto, con il sorriso che quasi le arrivava alle orecchie.

Parlano sottovoce, adesso, dandomi le spalle, quasi confessandosi qualche segreto, e fatico a cogliere il senso delle loro frasi. Potrei avvicinarmi, ma ho il timore di essere scoperta, quindi avanzo lentamente, addossata alla parete e mi fermo a qualche metro di distanza.

«Eri diventato importante per me. Non riesco a credere di avertelo permesso.» Nina sospira, con la voce tremante di chi si sta sforzando di trattenere l'emozione.

«Ma io c'ero, ci sono sempre stato. Quando la tua amica è mancata, quando hai avuto bisogno di me...» le dice lui, accarezzandole la guancia e portandole una ciocca di capelli dietro l'orecchio. Lei non si sottrae al suo tocco e vorrei correre a separarli, gridarle di stare attenta, metterla in guardia dalle insidie della passione.

Ma ancora una volta non è la mia storia e non posso fare altro che restare qui immobile a sperare che prenda le decisioni giuste.

«Non avevo nessun altro con cui parlare. Nemmeno Filippo avrebbe capito cosa sentivo. Era così lontano. Ma tu... Tu mi hai fatto credere di capirmi davvero, mi hai illusa di potermi fidare di te.»

«Puoi ancora fidarti di me, Nina. Guardami, sono sempre io.»

«Io non so davvero chi sei, non ti conosco, Andrea. So che mi hai raccontato un sacco di balle solo per portarmi a letto.»

Lui si tocca il mento, nervoso, poi infila le mani in tasca e si guarda la punta dei piedi, mordendosi le labbra.

Sembra sofferente e mi tocca ammettere che è davvero un grande attore. Capisco perché sia riuscito ad ammaliarla.

«Se avessi voluto solo portarti a letto, l'avrei fatto molto prima. E poi non mi avresti più rivisto» le dice, con brutalità, dando l'impressione, quindi, di essere ancora più sincero. «Ma non era solo questo. Non c'era solo sesso, tra di noi, e tu lo sai. Siamo anime gemelle, abbiamo così tanto in comune. Incontrarti è stato come ritrovare la metà perduta della mia mela.»

«Pensavo che la tua mela fosse tornata intera quando hai sposato tua moglie!»

Brava amica, non lasciarti infinocchiare!

«Hai ragione! Hai ragione ad avercela con me. Sono stato disonesto e vigliacco, a non parlarti del mio matrimonio.»

«Non portavi nemmeno la fede quando stavamo insieme…»

Diglielo! Fagli notare quanto è verme.

«Ma io non la porto mai. Guarda» le dice, tirando le mani fuori dai jeans e mostrandogliele. «È solo un oggetto, non significa nulla.»

Nina raddrizza la schiena, forse colpita da quella scoperta. Temo che inizi a credere alla sincerità del ragazzo. Tutta questa faccenda non promette niente di buono.

«All'inizio era un gioco, lo ammetto. Chiacchierare con te era divertente, rilassante, leggero.» Andrea continua la sua confessione e lei trova finalmente la forza di guardarlo di nuovo in viso. «Eri un'isola felice in cui mi rintanavo, per sfuggire alla monotonia in cui erano precipitate le mie giornate. Non l'avevo calcolato, quel giorno che ho messo piede nella tua libreria. Avevo solo voglia di un bel titolo e di qualche momento di evasione e tu eri lì, sorridente, entusiasta della vita… Hai acceso qualcosa in me, qualcosa che credevo spento per sempre.»

«Io non…»

«Ti prego, lasciami finire» le dice, zittendola con un dito sulle labbra. Il re dei latin lover. «Non credevo che saresti diventata così importante per me, quindi ti ho tenuto nascosta la verità. Lo so, ho sbagliato, sono stato un vigliacco, ma non mi andava di sporcare questo piccolo sogno che stavamo vivendo con una realtà così infelice. Ti giuro, Nina, che se avessi capito prima che mi stavo innamorando di te ti avrei parlato di lei, ti avrei detto le cose come stavano, ma mi hai travolto come un fiume in piena e dopo ho avuto paura. Paura di perderti, se avessi scoperto che non ero libero...»

Fa una pausa.

Nina si porta le mani alla bocca, sorpresa.

Lo faccio anch'io, portarmi le mani alla bocca, per mimare un conato di vomito. Ma come puoi credere a una balla del genere, dopo aver letto tutti quei romanzi?

«... E alla fine, come un cretino, ti ho persa davvero.»

«Ti eri... ti eri davvero innamorato di me?» chiede lei, con la voce rotta dall'emozione.

«Io sono ancora innamorato di te» le dice lui, occhi negli occhi.

E un attimo dopo, le labbra incollate, sono stretti in un abbraccio, mentre io vorrei soltanto che un treno sfrecciasse, veloce come una volta, e ci investisse tutti.

# 10

Era un deserto al contrario
un cielo notturno illuminato a giorno
da stelle cianotiche da stelle col tuo nome
*Le luci della centrale elettrica*

«Ripetimi ancora una volta perché l'hai fatto, ti prego. Non riesco proprio a capire.»

«Dài, Emma, basta!» Nina sbuffa, per riuscire a divincolarsi dal terzo grado. Non è spazientita, però. Anzi, sembra molto divertita dalla reazione della sua amica. «Abbiamo iniziato a risentirci e gli sto dando la possibilità di chiarire la sua posizione. Mi ha presa alla sprovvista e ho bisogno di tempo per elaborare il tutto. Questo non vuol dire che l'abbia perdonato.»

«Ah, che strano! Perché quando baci qualcuno, nascosta dietro il muretto della stazione, sembra proprio che tu gli abbia condonato tutti i peccati.» La prende in giro, ma sono convinta che sia seccata quanto me per il ritorno del marito fedifrago. Quel maschio riesce ad avere una grande influenza sulla nostra libraia, ma all'occhio non infatuato (e più cinico) di qualunque altra donna appare subito evidente che quell'Andrea è un manipolatore.

«Non ci eravamo nascosti. Solo che si è presentato di punto in bianco in negozio quando c'era quella calca assurda e non potevo certo discutere con lui davanti a tutti quei nuovi clienti.»

«Che Iddio li abbia in gloria!»

«Sì, non ti ringrazierò mai abbastanza per avermi fatto avere quell'intervista. E comunque, dicevo, ho preferito parlargli lontano da occhi indiscreti» continua, facendomi sentire anche un po' colpevole per aver origliato, per pura coincidenza, la loro conversazione. «Soprattutto quelli di mia madre... Se sapesse!»

«Per carità! Sarebbe capace di farti tornare insieme a Filippo perché tanto "siete pari con i tradimenti". Come mai le piaceva così tanto il tuo ex?»

«Ti sembra così strano? A te lui non è mai piaciuto.»

«Era un ragazzo simpatico e stavate bene insieme, così... familiari. Però, a essere sincera, ho sempre immaginato che una donna come te, che si nutre quotidianamente di avventure pazzesche, di amori folli, di romanzi appassionanti... Non lo so, pensavo ti meritassi vicino qualcuno di più stimolante.»

«Be', ma lui lo era. Viaggiava, studiava, visitava i musei, aveva una mente aperta...»

«Uh, la mente ce l'aveva apertissima» ironizza la fioraia. «Scusa, ma perché poi lo stai difendendo?»

«Non so farne a meno. Mi viene istintivo. Come quando qualcuno, anche una persona di famiglia, critica qualche difetto di mia madre. È come se, in un certo senso, sentissi che posso farlo solo io.»

«Ti capisco. Mio marito, lo sai, a volte è davvero una palla al piede, ma nessuno è autorizzato a prenderlo in giro, guai!»

«Hai mai dubbi su di lui? Voglio dire, ti viene mai in mente che forse potrebbe non essere l'uomo con cui dovresti passare il resto della tua vita?»

Emma ci riflette un attimo, reclinando il capo di lato.

«No, non l'ho mai dubitato. Penso in continuazione a tutte le cose che dovrebbe cambiare, soprattutto del suo carattere, per piacermi e assecondarmi di più, questo sì, ma da quando lo conosco, ho percepito chiaramente che la sua presenza mi dava equilibrio. Era il mio baricentro. Ha senso?»

Nina sospira, e gli occhi sono attraversati da una fugace ombra di tristezza.

«Sì, ne ha. Quando Andrea è entrato nella mia vita ho finalmente sentito che quel vuoto che non riuscivo più a riempire era finalmente colmo. In un certo modo, forse sbagliato, lui è stato molto presente. Soprattutto, dopo il funerale...» gira gli occhi malinconici verso di me, seduta in poltrona, interrompendo il monologo. Non mi ha mai voluto parlare di quella sua amica mancata solo poche settimane fa. Credo che lo faccia per proteggermi. Le uniche due volte che mi ha visto piangere sono state quando è morto Domenico e quando le ho mostrato una delle rare foto che conservo di Angela, la mia piccola che non c'è più.

Vorrei che capisse che non sono così fragile, nonostante il corpo stanco e malandato, che posso sopportare ancora il peso del dolore, perché tanto ne ho portato sulle spalle durante la vita, ma proteggermi è il suo modo per dimostrarmi affetto e allora glielo lascio fare. Non ci si stanca mai di sentirsi amate.

«Lui mi è stato vicino, Emma. Quando Filippo rientrava tardissimo o si fermava fuori a dormire, in viaggio di lavoro o a casa di quella... Insomma, Andrea c'era. Parlavamo tantissimo, di noi, del futuro, del mondo, dei nostri sogni. Parlavamo soprattutto di libri. Io gliene citavo uno al telefono e lui conosceva quasi sempre la trama.»

«Uh, quello so farlo anche io, controllando Google.»

Ridacchio, nascondendo il viso dietro la copia di *Cassandra* di Christa Wolf che ho tra le mani. Mi fingo concentrata sulla lettura per non interrompere le loro confessioni, ma in realtà ho le orecchie e la testa puntate sulle due, per non perdere nemmeno una parola. Se c'è un'età giusta per diventare pettegoli, credo sia proprio la mia. Cos'altro di emozionante mi resta da fare, se non vivere le vite degli altri?

«Sono convinta che il libro sospeso, quello che ho trovato incartato sulla mia scrivania, me l'abbia lasciato lui.»

«Gliel'hai chiesto?»

«Non direttamente. Mi sono limitata a domandare: "Ma, allora... Buzzati?" e lui mi ha strizzato l'occhio e ha risposto: "Sempre il migliore!". Capito? Ha ammiccato.»

«Secondo me, aveva un granello di polvere sulla pupilla. E poi mi è sempre sembrata costruita, tutta questa sua passione letteraria. Come se fosse uno di quelli che imparano gli aforismi solo per citarne qualcuno a caso durante le cene con gli amici.»

«Ma no, è uno che studia sempre.»

«Che lavoro hai detto che fa?»

«Il medico... Ehm, l'urologo.»

La risata di Emma mi fa quasi sobbalzare sulla poltrona.

«Va bene, va bene, nessuna battuta sulle parti basse» dice.

Condivido pienamente i dubbi su Andrea e sulla sua sospetta passione per qualunque cosa riguardi Nina e continuo a pensare che sia un viscido calcolatore, ma non trovo affatto strano che un medico sia un grande appassionato di libri.

Tutti possono amarli.

Dall'età di tredici anni, ho lavorato ininterrottamente. Ho aiutato i miei a coltivare la terra, ho venduto cassette di frutta al mercato, ho tagliato e cucito guanti, ho lavorato in una manifattura in cui si imbustava camomilla e ho addirittura gestito l'ufficio vendite di un'azienda che produceva pezzi per macchine industriali, eppure non ho mai smesso un solo giorno della mia vita di amare la lettura. Non mi sono mai sentita *inadatta* per un libro, troppo giovane, troppo vecchia, troppo colta o troppo ignorante per iniziare un romanzo o un saggio. È vero, a volte ho fatto fatica con certi testi e ne ho trovati stupidi altri, ma mai per un momento mi ha sfiorato il dubbio che la mia posizione sociale o il mio titolo di studio potessero impedirmi di perdermi tra le pagine.

Per Domenico è stato lo stesso con la musica. Trattava la sua chitarra come una delle nostre figlie e, nonostante le mani ruvide, durante gli anni della catena di montaggio, pizzicava le corde con la massima delicatezza. Negli ultimi anni, la debolezza, le orecchie difettose e il tremolio gli avevano impedito di prendere in mano lo strumento. Soffriva, senza la sua musica, allora ogni mattina gli permettevo di ascoltare a tutto volume i suoi dischi preferiti, consapevole di rischiare qualche lite con i vicini.

Una donna entra a chiedere se la sua prenotazione è già arrivata e Nina lascia Emma in cassa per correre in magazzino a controllare.

Dopo un paio di giorni dall'uscita dell'articolo, la folla di curiosi ha iniziato a scemare. La libreria ha però fatto breccia nel cuore di chi si era fiondato a visitarla, spinto dalla novità, così, grazie al passaparola, i clienti sono aumentati e le vendite iniziano a essere interessanti. È sempre emozionante riuscire a conquistare un nuovo lettore. È come condividere un segreto con un nuovo amico.

Nina è più serena, non solo perché ha di nuovo un amichetto che le manda stupidi messaggi affabulatori. Riesce, finalmente, a credere che sia possibile mantenere aperta la sua piccola scatola lilla, in barba ai debiti e alla banca. Sembra che, pian piano, tutto stia recuperando un ordine e dovrei essere serena, dovrei esserlo, pronta ad affrontare con il sorriso i miei ultimi giorni su questa terra, adesso che tutto quello che mi rimaneva di bello sta iniziando a funzionare. Ma continuo ad avere la percezione di qualche crepa che mi sfugge nel quadro generale e che ci sia ancora qualcosa di rotto da aggiustare.

«E la moglie?» chiede Emma, quando la cliente ha già lasciato il negozio. «Ha ancora una moglie, che tu lo voglia o no.»

«Lo so, lo so… Lui sostiene che tra di loro è finita… Che era finita da un pezzo e che con me ha capito che non poteva più vivere nell'inganno.»

«Lo sai, vero, che lo dicono tutti i mariti che fanno le corna alle consorti?»

«Ma certo! Sai quanti storie d'amore con questa trama ho letto? Lui mente alla sua signora per nascondere il tradimento e poi mente all'amante per non avere troppe pressioni. È un luogo comune, non credere che io sia così ingenua…»

«Però…? Perché stai per aggiungere qualcosa, vero?»

«Però, ho anche pensato che a me è successo lo stesso. Ho capito che non amavo più Filippo solo quando ho iniziato a provare qualcosa per Andrea.»

Ottimo punto, devo ammettere. Né Emma né tantomeno io riusciamo a replicare in fretta a questa affermazione, così la nostra libraia va avanti con il suo ragionamento.

«Non sto dicendo che non nutro dei dubbi. E vorrei davvero credergli, se fosse più facile, perché, lo ammetto, ho tantissimo voglia di avere qualcuno vicino. Lo sai, non sono abituata a stare da sola.»

«Be', ci si fa l'abitudine...» le dice Emma.

«Davvero?» mi chiedo, con un filo di voce quasi impercettibile, consapevole che da quando Domenico è sparito non mi va nemmeno più di tornare a casa mia. Non credo che tutti siano predisposti a vivere da soli. È una questione di indole. Ma per chi come me non è stato progettato per vivere senza un compagno, quanto tempo ci vuole per rassegnarsi alla solitudine?

«Sì, forse mi abituerò a stare da sola. E forse un giorno, chissà tra quanto, incontrerò qualcun altro. O magari non succederà mai più. La libraia zitella. Potrebbe essere un bel titolo per un romanzo.»

Emma si alza dalla sedia e abbraccia Nina seduta sul tavolo.

«Vedrai, andrà tutto bene. Anche questo ritorno di fiamma con Andrea si spegnerà. È normale il tira e molla, prima di dirsi addio per sempre.»

«Quindi, sei convinta che debba dirgli addio?»

«Nina, sei davvero disposta a credergli e a perdonargli tutto? Vuoi seriamente aspettare che risolva le sue cose in sospeso con la moglie e, intanto, logorarti nel dubbio?»

«Ma che ne so! Avessi una risposta... Quando era qui fuori, con gli occhi lucidi, sembrava così sincero, ma appena è andato via sono stata travolta dall'incertezza.»

«Ovvio, quando lui ti si avvicina il tuo cervello viene spento dagli ormoni. Diventa un oggetto inutile, appoggiato nella tua bella scatola cranica.»

Per fortuna, ho smesso con quella faccenda degli ormoni un bel po' di anni fa.

«Ammetto che lui mi piace, tanto. Mi fa provare emozioni che con Filippo non ho mai sentito. E se fossi più egoista, lo userei, prenderei da lui quello che mi serve e basta.»

«Una storia di sesso? Tu? Ma figuriamoci!»

«È che io non sono proprio fatta per fare l'amante. Non mi piace la clandestinità, non trovo eccitante il mistero, non sarei capace di farmi una vita alternativa, quando lui non è con me.»

«Non stento a crederci. Quando hai letto *L'amore bugiardo* eri furiosa.»

«E poi provo sensazioni strane, controverse. Come ha detto Andrea, non avevamo preso in considerazione l'idea di innamorarci...»

«Cosa?!» Emma la guarda con gli occhi sgranati e un'espressione di disappunto che noterebbe anche un cieco. «Tu credi davvero di essertene innamorata? Ma sul serio?!»

«Voglio dire, mi piace.»

«Certo, questo è chiaro. Ma non credi di esserti affezionata così tanto a lui perché pensavi che fosse disponibile e avevi una grandissima voglia di ricominciare con qualcuno che non fosse Filippo?»

Nina sbatte le palpebre, sorpresa.

Vorrei applaudire, ma la mia copertura *Cassandra* crollerebbe e dovrei ammettere di aver spiato tutta la conversazione.

«Wow! Per essere una che vende fiori sei davvero brava con la psicologia» ridacchia la libraia, fingendo di essere divertita. Sono convinta che le parole dell'amica abbiano toccato un nervo scoperto. Si sarebbe affezionata così tanto a quell'uomo, se avesse saputo che era sposato?

La conosco abbastanza da sapere che, se lui avesse giocato pulito, presentandosi fede al dito e certificato di famiglia, lei non gli avrebbe nemmeno lasciato il suo numero di telefono.

Un uomo sulla cinquantina, con il viso tirato e gli sparuti capelli spettinati, entra e si ferma a guardare le due ragazze alla scrivania.

«Ha bisogno di aiuto?» gli chiede Nina, con un sorriso.

Lui la guarda, un po' spaesato, poi muove la testa a destra e sinistra, come a dire no.

«Posso aspettare qui che arrivi mia moglie?» chiede, titubante.

Dev'essere il marito di una nostra cliente, anche se si comporta come se fosse la prima volta che mette piede in negozio. O in una libreria in generale.

«Certo, faccia pure» risponde Nina, ormai a suo agio con qualsiasi richiesta strana.

Emma controlla l'orario sul telefono e si alza recuperando la giacca dallo schienale della sedia.

«Devo tornare in bottega. Grazie ancora per il caffè. Ah, non finisce mica qui. Stasera continuiamo la nostra chiacchierata. Vengo a prenderti e ti porto a bere un bicchiere di vino, ti va?» Le bacia le guance e si avvia verso l'uscita.

«Va bene, ma ricordami di berne al massimo uno» le risponde.

Rimasta sola, mentre io cerco di andare oltre il dannato incipit del romanzo che ho tra le mani, mi dà le spalle e si mette a rassettare senza molta voglia la solita baraonda sulla scrivania.

«Ho bisogno di un favore» esclama l'uomo, avvicinatosi a lei all'improvviso.

Nina sobbalza per lo spavento e si gira a fissarlo.

Ha una mano nascosta nel giubbotto imbottito e pare impugnare qualcosa. Potrebbe essere un'arma, potrebbe tirarla fuori e minacciare la mia amica, potrebbe compiere un gesto folle e io non sarei in grado di fermarlo. Senza contare che, se succedesse qualcosa di terribile, mi toccherebbe dare ragione a sua madre.

La libraia indietreggia di un passo, ma lui la raggiunge. Pietrificata, faccio cadere la copia del libro, e il rumore li fa voltare entrambi nella mia direzione. Nina approfitta per correre dietro la scrivania ad afferrare il suo telefono, probabilmente con l'intenzione di chiamare i soccorsi. Lui gira nuovamente la testa verso di lei e sfila lentamente la mano dalla giacca, mentre entrambe restiamo immobili, senza emettere un suono.

«Io e mia moglie abbiamo comprato questi libri qui» dice mostrandole tre piccoli volumi che teneva nascosti nel soprabito. «Un regalo per mia sorella.»

Tiriamo un sospiro di sollievo. Per fortuna, non è il solito pazzo.

«Capisco» dice Nina, ritrovando il sorriso. «Non le sono piaciuti?»

«No, non li ha letti. Mia sorella è morta.»

«Oh, mi dispiace moltissimo» farfuglia, piuttosto imbarazzata.

«Era malata» risponde il tizio, secco, porgendole i libri. «Posso ridarteli?»

«In che senso, scusi? Vuole cambiarli?»

«No.» Lapidario, continua a tenere il braccio teso, in attesa che Nina prenda i volumi. «Te li voglio ridare.»

«Vuole che le faccia un buono spesa?»

«Voglio indietro i miei soldi.»

Nessun giro di parole. Nessun "per favore", "per cortesia", "la prego". Il braccio ritto, i libri in mano, lo sguardo inquieto. Nina prende tempo per pensare e io mi raddrizzo sulla poltrona, per studiare meglio il tipo. Ho espresso sollievo troppo presto. *La cà di matt.* Il manicomio. Sarà qualcosa nell'aria, la polvere emanata dai libri, qualche sostanza contenuta nella vernice lilla con cui sono dipinte le pareti.

«Ha per caso con sé lo scontrino?» chiede la libraia, che sa perfettamente che quei libri non sono stati acquistati qui.

Bisogna essere comunque accondiscendenti, evitare di dare del bugiardo a una persona che non sembra avere tutti i venerdì.

«No, mia sorella è morta. Secondo te, tengo lo scontrino?»

«Per carità, ha ragione. Ma sa, mi serve un giustificativo. Vede, io sono solo una dipendente. Se il mio capo scoprisse che ho fatto un rimborso senza un documento, sarebbe furioso.»

«Ah, il capo è grosso e violento» aggiungo, reggendole il gioco. «Sarà qui a momenti, tra l'altro.»

«Senti, dammi solo i soldi dei libri. Trentasette euro.»

«Vuole provare a dirmi il cognome di sua moglie? Magari ha la tessera, l'ho registrata.»

«Dammene trenta» insiste, porgendoglieli nuovamente.

Nina afferra le copie e ha un'idea.

Ci passa su la pistola per il codice a barre per risalire a chi ha fatto l'acquisto.

«Ma non sono stati comprati qui, vero?» chiede, poggiando la mano sulla cornetta del telefono fisso.

«Dammi venticinque, su» insiste il tizio, nervoso. Non nega nemmeno più di aver provato a fare il furbo.

«Non posso restituirle dei soldi per della merce che non ha preso da me.» Porta la cornetta all'orecchio e digita un numero.

Polizia, pensa, probabilmente, il tale.

Centro di salute mentale, spero io.

«Dieci, dammene dieci!»

Nina scuote la testa, per dire no, mentre sembra attendere la risposta dall'altra parte del filo. Restano in silenzio qualche momento, guardandosi negli occhi come pistoleri in un film western.

«Sei una stronza!» sbotta lui alla fine, girandosi e correndo verso l'uscita.

«Ciao, sono Nina, dalla libreria. Volevo ordinare un hamburger di seitan con contorno» dice, quando finalmente rispondono al telefono. «E un centrifugato. Il solito.»

«Ben fatto!» le grido dalla nicchia.

Non mi risponde nemmeno, distratta dal trillo di un messaggio appena ricevuto. Si mette a camminare per il locale, con un largo sorriso sul viso, in cerca dell'ispirazione per rispondere. Poi, si appoggia a uno scaffale accanto alla poltrona e invia il suo testo.

«Ah, Adele, so che non approveresti!» sospira.

«Quando deciderai, sarò dalla tua parte. Si tratta della tua vita, piccola. Hai trent'anni compiuti e non posso certo dirti come affrontarla.» Anche se mi piacerebbe moltissimo.

Non mi calcola, troppo concentrata ad amoreggiare con il suo dongiovanni.

Arriva al tavolo e si appoggia, senza fare attenzione, rovesciando parte della montagna di carta che resta sempre in bilico.

Sbuffando, si abbassa per sistemare il disastro e la trova, la lettera avvolta nella busta marroncina, quella contenente chissà cosa al suo interno, proprio quella che avevo pensato di far sparire e che mi ero limitata a nascondere tra le altre scartoffie accumulate.

Incuriosita la guarda, la rigira tra le mani e la apre, aiutandosi con le forbici per non sgualcirla. Legge le due pagine con attenzione, in silenzio, mordendosi le labbra e corrugando la fronte, così da lasciare apparire una piccola ruga d'espressione in mezzo alle sopracciglia. Alla fine, scuote la testa e sospira, sfilandosi gli occhiali con una mano e massaggiandosi le palpebre. Poi, ripiega in due i fogli e fa per rimetterli nella busta, sbirciando all'interno per controllare il contenuto.

Vorrei chiederle di cosa si tratta, cosa sia l'oggetto

duro nascosto tra i fogli, ma non voglio darle l'impressione di aver infilato il naso in affari che non mi riguardano.

Fa il giro della scrivania e si piazza davanti al computer.

«Dove l'ho messo? Era qui» borbotta, mentre solleva la tastiera, sposta la lampada e spinge di lato alcuni libri da registrare.

Mi alzo per avvicinarmi di più a lei, come un gatto curioso.

«Eccolo!» esclama, dopo aver rovistato per un pezzo. Afferra di nuovo la cornetta del telefono e digita un numero scritto sul retro del biglietto del metrò che tiene tra le mani.

«Leonardo? Ciao, sono Nina, della libreria.» Ascolta la risposta dall'altro lato del filo e poi aggiunge: «Saresti libero domenica?».

## II

Sapessi amore mio come mi piace
partire quando Milano dorme ancora
vederla sonnecchiare e accorgermi che è bella
prima che cominci a correre e ad urlare.
*Fabio Concato*

L'estate del 1975, per il loro ventesimo compleanno, Maria e Rosa ci chiesero di poter trascorrere le vacanze in Versilia con le amiche.

Sul mio comodino, accanto all'abat-jour, alla spazzola, al bicchiere che ogni sera riempivo d'acqua, al rosario che mi aveva lasciato mia madre, in cui ho sempre nutrito poca fiducia, e agli orecchini con le perle che mi sfilavo prima di andare a dormire, c'era la nuova edizione in cartoncino chiaro del *Siddharta* di Hermann Hesse. Avevo deciso di portarlo con me giù al paese per potermici dedicare senza distrazioni durante le ferie di agosto. Ogni anno, quando le fabbriche, le botteghe e gli uffici chiudevano, la carovana di meridionali ormai milanesi partiva per tornare alle origini, con le macchine piene zeppe di regali per madri, padri, fratelli, sorelle e nipoti che attendevano il ritorno degli *emigranti.*

Avevamo promesso alle gemelle che avrebbero potuto fare la prima vacanza da sole una volta maggiorenni, a ventuno anni. Ma la legge quell'anno era stata meno severa di noi e aveva deciso di premiarle abbassando di tre anni l'ingresso nell'età della libertà di scelta.

Terminati gli esami della sessione estiva, mi avevano trascinata per le botteghe del centro alla ricerca di costumi da bagno. Era sorprendente la scarsa quantità di stoffa che occorreva, oramai, per andare in spiaggia a prendere il sole.

«Quattro striscette di tessuto per quel prezzo? È una follia!» avevo esclamato, leggendo i cartellini nella vetrina che le due fissavano come ipnotizzate. «Non potete usare i prendisole a fiori che vi abbiamo cucito l'estate scorsa? Erano così carini.»

«Sei antica, mamma!» aveva sbuffato Maria. Poco importava che l'anno successivo avrei compiuto appena quarant'anni. Per le mie figlie ero un dinosauro vicino all'estinzione.

«Quei mutandoni vanno bene per andare al mare giù a Ginosa!» aveva continuato Rosa, con quel modo tipico – e un po' inquietante – da gemelle di completare l'una le frasi dell'altra. «Ma dove andremo noi, ci saranno persone alla moda. Gente che conta.»

Frequentare *gente che conta,* qualunque cosa volesse dire, era il chiodo fisso, la ragione per la quale si svegliavano al mattino, la loro unica ambizione. Erano state bambine sognatrici, dolci e dalla grande fantasia, ma l'adolescenza beffarda aveva, al suo arrivo, trasformato le mie piccole donne in due cacciatrici di dote.

"È colpa mia" pensavo, rientrando sempre più tardi la sera e trovandole attaccate al loro giradischi o in cortile a chiacchierare con le figlie dei vicini. "È colpa mia, che ho preferito non fare la mamma a tempo pieno e mi sono messa in testa di dedicarmi anche a me stessa."

Rientrando a casa con un paio di metri di Lycra da far sistemare a Domenico in laboratorio (e quanto avrebbero lottato con il padre per ottenere un modello sgambato!), le osservavo camminare tenendosi a braccetto, schiena dritta, lunghi capelli sciolti sulle spalle e sorrisi elargiti senza scrupolo a qualsiasi bel giovane di passaggio, chiedendomi se sarei mai stata in grado di recuperare un bel rapporto con loro.

«"L'amore si può mendicare, comprare, regalare, si può trovarlo per caso sulla strada, ma non si può estorcere." Me l'ha sottolineata con l'evidenziatore. Non è stato dolcissimo?»

Al solo pensiero di un segno indelebile sulla pagina di un libro mi sento mancare. Un tratto di matita è tutto quello che concedo a chi vuole segnare un passo particolarmente significativo. Ma la brutalità della penna, del pennarello, dell'inchiostro che attraversa le pagine porose, con il rischio di macchiare, no, non riesco a tollerarla.

«È stato carino, hai ragione. Ma mi sorprende che non avessi mai letto Herman Hesse, prima.» Nina continua a rimettere in ordine alcuni titoli sugli scaffali, mentre chiacchiera con Ilaria.

«Solo *Narciso e Boccadoro*, il resto me l'ero persa. Non è incredibile che Paolo riesca sempre a scegliere per me un titolo che non conosco? Ci stiamo completando a vicenda» sospira, con la mente al suo corteggiatore.

A me sorprende che il giovane sia riuscito a scegliere più di un titolo. Se non fosse stato per l'aiuto della libraia, la storia nata dai libri sospesi si sarebbe arenata al secondo volume.

«Avete deciso il grande giorno, allora? Non sei agitata?» chiede Nina, in bilico sulla scala, mentre prova a incastrare un libro cicciotto in una fessura troppo piccola.

«Lui avrebbe voluto incontrarmi di persona già un paio di settimane fa, lo sai. Ma devo ammettere che non avevo alcuna fretta. Mi piace questa attesa fatta di dediche romantiche, di pagine appassionate e di mistero.»

«Lo capisco. Abbiamo sempre voglia di saltare le tappe e non ci godiamo mai il corteggiamento. Un secolo fa, le coppie riuscivano ad aspettare anche un anno prima di ottenere un bacio. E nel frattempo scrivevano poemi e romanzi indimenticabili.»

«Un secolo fa, eri controllata a vista. Non fosse stato per gli *chaperon*, altro che attesa di un bacio!» ridacchio, in piedi vicina alla vetrina. Faccio su e giù dalla poltrona ormai da ore, ipnotizzata dalla strada, come se avessi il presentimento che sia proprio oggi il giorno in cui si farà vivo il signor Godot.

«E poi vorrei trovare il posto giusto in cui incontrarlo» spiega Ilaria, passandosi una mano nella chioma rossa. «La nostra è una storia da romanzo e deve avere una scenografia perfetta.»

«Sulla terrazza tra le guglie del Duomo?» propone Nina.

«Rischioso… E se soffre di vertigini?»

«Sul tram numero 1? È bello, tutto di legno e potreste salire in due fermate diverse…»

«E se fosse troppo affollato e lui avesse un attacco di claustrofobia?»

«Uhm, il planetario, allora?»

«No! E se avesse paura del buio?»

«Dai retta a me, portalo direttamente al pronto soccorso» suggerisco, naturalmente ignorata dalle due.

«Datevi appuntamento qui!» propone la libraia, dopo averci riflettuto un momento. «Potrei lasciarvi soli un'oretta dopo la chiusura. In fondo, vi siete conosciuti grazie a me.»

«È una proposta magnifica! Sei fantastica!» Ilaria le getta le braccia al collo, entusiasta. «Non so proprio come sdebitarmi. Tutto questo è solo merito tuo.»

«Mi basta che continuiate a comprare libri con questa frequenza anche quando sarete una coppia» le dice, lasciandosi stringere con affetto.

«È deciso allora. Magari potremmo fare già domani sera. Adesso devo scappare. Ho un sacco di compiti da correggere. In questi giorni, i miei alunni mi stanno facendo impazzire. È sempre così, quando arriva la primavera.»

Entrambe le gemelle, dopo il diploma, avevano deciso di proseguire gli studi. La decisione aveva preso me e Domenico alla sprovvista. Avevamo sempre considerato l'università come la più grande emancipazione e desiderato che le nostre bambine potessero avere accesso a una cultura accademica, ma dati gli scarsi risultati raggiunti dalle due durante gli anni della scuola dell'obbligo e la loro limitata propensione al sacrificio per le sudate carte, avevamo perso la speranza già in seconda superiore. Mentre la piccola Angela eccelleva tra i banchi, raccoglieva elogi dagli insegnanti e passava ogni momento libero con la testa china sui libri, dandomi la preziosa conferma di aver ereditato la parte migliore del mio bagaglio genetico, le sorelle maggiori avevano sempre preferito altre occupazioni, che di solito comprendevano truccarsi, pettinarsi, passeggiare nei pomeriggi di sole sui Navigli con le amiche e andare al cinema a guardar canticchiare Johnny Dorelli. Terminate le scuole superiori, però, probabilmente consce che a casa di mammà nessun fannullone avrebbe trovato il piatto caldo in tavola e che la sola alternativa alla laurea era il lavoro, avevano deciso di imitare la figlia del Cavalier Moschini, danarosa compagna di classe, e di iscriversi entrambe alla facoltà di Lingue.

La mattina in cui consegnarono i moduli per l'iscrizione, avevo preso qualche ora di permesso dal lavoro per poterle accompagnare. Varcato l'ingresso della Ca' Granda, nel cortile seicentesco illuminato dal sole, avevo sentito le gambe tremarmi per l'emozione. Se il misterioso mago proveniente dal Maghreb avesse scelto me come sua discepola e non quello scansafatiche di Aladino, se avessi avuto tra le mani la lampada che esaudiva desideri anche solo per pochi minuti, non avrei chiesto piatti d'argento, gioielli e pietre preziose. Avrei desiderato soltanto rinascere abbastanza fortunata da poter fare dello studio e della lettura la mia vita.

L'anno in cui le mie figlie frequentarono la Statale da fresche matricole, io provavo a terminare le scuole serali per riuscire a ottenere il tanto ambito titolo di studio.

Non era stato semplice tornare a studiare, da adulta, madre, moglie e lavoratrice. Le classi serali erano faticose, dopo una giornata intera passata a imbustare camomilla, tè e tisane, senza contare le ore sottratte al sonno per essere al passo con il programma. Non volevo soltanto terminare il ciclo per il rotto della cuffia, io volevo davvero imparare e ottenere un diploma per merito.

Domenico, le colleghe di lavoro, la vicina di casa che spesso preparava la cena alle mie bambine, tutti facevano il tifo per me. Perché nel mio desiderio di realizzarmi, nella mia voglia di diventare una cittadina, una donna e un essere umano più istruito si rispecchiava il sogno di tutti noi di vivere una vita migliore.

Quell'estate del 1975, sotto l'ombrellone colorato piazzato sulla sabbia fine della nostra lunga spiaggia, Angela, che era all'epoca poco più di una bambina, tornando da un lungo bagno e guardandomi prendere appunti dal mio grosso libro, mi disse che era orgogliosa di me.

Al ricordo della gioia che mi procurarono le sue parole associo il più grande rimpianto della mia vita: quello di non aver saputo estorcere lo stesso amore alle altre mie due figlie, che si allontanavano sempre più in fretta, come pezzi di ghiaccio alla deriva, lontane dall'iceberg che li aveva generati.

Sono di nuovo ferma sulla porta, a guardare la strada vuota del primo pomeriggio. I camerieri del ristorante accanto, finito il turno, escono alla spicciolata a godersi le poche ore di libertà prima di rientrare per la cena. Un gruppo cospicuo di curiosi attratti dalle buone recensioni della libreria e da alcuni altri articoli, apparsi qui e là nell'oceano di internet, continua a darci fiducia. Sebbene siano sempre meno, i lettori che sopravvivono consumano molti più libri, soprattutto se riescono a trovare qualcuno che sia in grado di farglieli scegliere e amare.

Nina è a metà del suo prezioso romanzo di Buzzati.

Dopo aver cercato a lungo il luogo e il momento perfetti, ha deciso di affrontarlo tra le sue pareti lilla e non altrove.

«È un testo che posso leggere solo nella mia amata libreria» ha detto a sua madre, ieri sera, quando questa, dopo averla aiutata per la chiusura, le ha chiesto come mai non lo infilasse in borsa per portarlo a casa.

Ogni tanto alza gli occhi dalle pagine e resta qualche secondo con la bocca spalancata, come se le avessero appena svelato un prezioso segreto.

In tanti, appassionati e dal palato fine, le hanno chiesto in prestito la copia, adocchiandone sorpresi il titolo mentre erano a fare acquisti in negozio. Nina ha sorriso a tutti, gentile, e per ognuno ha inventato una scusa, per dire che le sarebbe tanto piaciuto, tantissimo, prestarlo, ma non era suo, doveva restituirlo, una volta letto doveva tornare al legittimo proprietario.

«Ma farò in modo di recuperare altre copie per voi» diceva, mentendo imbarazzata.

A Emma aveva spiegato che era la prima volta, in tutta la sua vita di libraia, che sentiva il desiderio di tenere privata una storia che aveva amato leggere.

Conosco bene la sensazione. Mi è capitato con pochi libri, che ricordo tutti vividamente, nonostante i decenni passati da quando ne ho sfogliato le pagine. Sono quei romanzi che ti entrano dentro, che sembrano raccontare proprio la tua storia, che sono stati scritti – e su questo potresti giurarci – solo per lanciare un messaggio a te, proprio a te che li leggi magari un secolo dopo e che capisci davvero cosa stanno raccontando.

La storia di Piero Morselli, in quel capolavoro sconosciuto del grande Buzzati, è una di quelle.

Vorrei dire a Nina che ho avuto la fortuna di essere tra le poche che ne ricordano perfettamente la trama, avendo avuto la fortuna di poter leggere la storia prima che il piccolo editore decidesse di metterla fuori catalogo. Vorrei farle sapere che anche io ho vissuto quello che sta provando lei. Mi trattiene il dubbio che possa considerare la mia condivisione invadente. Così le lascio la sensazione di essere l'unica e la sola a vivere questa grande avventura.

Con gli occhi incollati su via Sannio, canticchio il motivetto di quella canzone che Domenico aveva appena imparato, quell'estate di tanti anni fa, quando le mie gemelle erano diventate grandi e giù al paese eravamo rimasti soli con la figlia prediletta. «Buonanotte fiorellino» diceva, suonandomela sulla spiaggia buia, dopo il tramonto, quando giocavamo a fare i fidanzatini.

Un motorino sfreccia rumoroso davanti alla vetrata e penso che darei tutto il tempo che mi resta per vedere, solo per qualche attimo, la Lambretta di mio marito svoltare ancora per una volta, una sola, l'angolo della strada.

«Disturbo?» Andrea si affaccia nel negozio, oltrepassandomi come se fossi solo una cliente entrata a curiosare e avanzando verso la scrivania di Nina.

Lei si alza, stupita, lisciandosi d'istinto i capelli.

"Chissà che in che stato orrendo sono!" starà pensando, mentre sorride a va incontro al ragazzo.

«Cosa ci fai qui? Non ti aspettavo.»

«Ero in zona e ho pensato di raggiungerti. Spero non ti dispiaccia se non ti ho avvisata.»

«Ormai dovrei esserci abituata. Ti presenti qui sempre all'improvviso» ride lei, reclinando il capo melliflua mentre io scuoto il mio sconsolata, sicura che nessuno dei due mi presterà attenzione.

Per fortuna, la libraia adora le sorprese. Io le ho sempre detestate, da quando ero ragazza. Se qualcuno si presentava alla porta senza preavviso, mi rovinava l'umore per tutta la giornata.

«Ti ho disturbato? Stavi lavorando?» le chiede, dandole due bacetti sulle guance.

Dopo il bacio appassionato di qualche giorno fa, Nina non ha ancora deciso se perdonarlo e i rapporti tra i due sono in quella fase di profondo imbarazzo che precede sempre la grande decisione sullo stare insieme o dirsi addio per sempre.

«Leggevo» risponde Nina, mostrandogli il romanzo e strizzando l'occhio in maniera complice. «*La durata enorme dell'incertezza*.»

Lui tace, non sapendo bene cosa dire. Lei insiste, cercando di ottenere una reazione diversa.

«Buzzati...» aggiunge.

«Ah, grandissimo!» esclama lui, puntando il dito

verso il libro. «Non avevo riconosciuto la copertina perché io ho l'edizione aggiornata, quella uscita un paio di anni fa.»

Nina corruga la fronte, perplessa. Io incrocio le braccia, spazientita.

«Davvero?» chiede lei, fissandolo con i suoi occhi grandi, e riesco quasi a sentire le rotelle nella sua testa girare vorticosamente.

Il casanova capisce di aver compiuto un passo falso e rimane zitto pochi secondi, durante i quali l'arrivo di una coppia lo salva dall'impiccio.

«Avevamo prenotato questi libri» dice uno dei due clienti, tenendo occupata Nina per qualche minuto.

Andrea si avvicina alla vetrina dando le spalle agli altri, a pochi centimetri da me, continuando a ignorare la mia esistenza, e tira fuori il telefono dalla tasca per digitare qualcosa e poi mettersi a leggere, sfiorando lo schermo con un dito, su e giù.

Ah, se solo i miei occhi fossero meno affaticati! Potrei almeno intuire cosa c'è scritto sul suo aggeggio.

Le gemelle erano sempre state affascinate dalla tecnologia. Non per un interesse scientifico, quanto piuttosto per il desiderio di possedere apparecchi all'ultima moda: la radio con più frequenze, il televisore più grande, l'automobile più veloce, l'asciugacapelli più potente.

Rientrate dalle vacanze, quell'estate lontana, mi travolsero con i loro racconti sulla gente importante e danarosa che la figlia del Cavaliere aveva loro presentato.

A colpirle erano stati soprattutto due giovani varesotti, amici di vecchia data dei Moschini, rampolli di due famiglie che avevano fatto fortuna nel settore della manifattura tessile. Non smisero un secondo di parlare dei due ragazzi e dei loro motoscafi e delle motorette e delle tante cose meravigliose che sembravano aver mostrato alle mie figlie, nate da una coppia di operai con la grande colpa di essere ricchi soltanto di sogni. L'anno successivo, ancora lontane dalla laurea, fresche di fidanzamento con i due amici danarosi, decisero di lasciare gli studi per dedicarsi alla loro futura carriera di mogli.

«Dicevamo di Buzzati...» È Andrea a riprendere l'argomento, non appena i due clienti hanno lasciato la libreria. Si allontana da me per piazzarsi proprio al centro della sala, con il solito sorriso ammaliatore disegnato sul volto. «Prima mi sono confuso... Sai, con tutti i suoi capolavori che ho letto. Dunque, sono riuscito a leggerlo anni fa, i miei ne possedevano una copia, ovviamente. Libro strepitoso. Ma non voglio dirti altro per non rovinare la trama.»

«Be', ma sono già a metà!» esclama Nina. «Magari possiamo parlare di quello che succede nella casa sul lago. Immagino tu capisca come mi sono sentita dopo che Piero ha perdonato Sandra. Tu l'avresti fatto?»

«Io? Ma certo!» risponde lui, con sicurezza.

«Sei sicuro?» domanda lei, di nuovo titubante. «Mi hai detto di avere un ottimo rapporto con tua madre.

Come potresti?»

«Ehm, perché... Perché sono come il protagonista, lì...»

«Piero.»

«Sì, Piero...»

«Piero Morselli...»

«Sì, io sono come Piero Morselli, sono uno buono.»

«Se il Morselli per te era una persona buona, non riesco a immaginare quelli che tu consideri figli di puttana.» La voce di Leonardo, alle nostre spalle, interrompe l'imbarazzante conversazione.

«E tu chi saresti?» ringhia Andrea, furibondo come ogni maschio alfa ferito nell'orgoglio.

«Lui è Leonardo. Mi sta aiutando per una questione... personale» interviene Nina.

«Mi dispiace avervi disturbato. È che non resisto a dire la mia sui personaggi che ho amato tanto.»

La libraia lo fissa con interesse, con lo stesso sguardo affascinato con cui l'aveva osservato suonare, ormai alcune sere fa.

«L'hai letto anche tu?» gli chiede, prendendo il libro dal tavolo e passandoglielo.

«Certo. E sono convinto che sia stato scritto proprio per me» risponde lui, con gli occhi allegri che puntano diretti in quelli grandi di lei.

«Vedo che hai da fare. Tolgo il disturbo, allora» sbotta Andrea, bambino capriccioso che non si trova più al centro dell'attenzione.

«Non preoccuparti. Ero solo passato a recuperare

una chiave. Vi lascio subito» spiega Leo.

«Non stavo parlando con te» replica il medico permaloso.

Ho ripreso posto alla mia poltrona e mi sto godendo la scena. In presenza di un altro bel ragazzo, Andrea sembra perdere molta sicurezza in se stesso. Un altro paio di uscite infelici e la mia giovane amica dovrebbe finalmente capire di che pasta è fatto.

«Ehi, stai tranquillo. Vengo in pace» dice Leo, alzando le mani per minare la resa.

«Mi stai prendendo in giro?» sibila l'altro.

«Che problema ha?» Il biondino si rivolge direttamente a Nina, stufo e spazientito per l'aggressività del suo amico.

Inizio a temere che il marito traditore possa mettersi a fare pipì in giro per marcare il territorio.

«Andrea, ha ragione. Sei stato un po' duro nei suoi confronti, non credi?» gli dice la libraia, sottovoce, allontanandolo dal biondo, prima che inizino ad azzuffarsi.

«Che fai? Prendi le sue difese adesso?»

La situazione sta degenerando in maniera così comica che non ha nemmeno senso. Nonostante la mia età, la capacità del testosterone di rendere gli uomini ridicoli continua a lasciarmi di stucco.

«Non lo sto difendendo! Per cosa, poi? Non ha fatto niente.» Anche Nina sembra non capire quale sia il nocciolo della questione.

«Ok, va bene. È stata una pessima idea passare. Ci vediamo!» dice, voltando le spalle e avviandosi verso l'uscita.

Per un momento temo che lei possa corrergli dietro e fermarlo, ma resta ferma a fissarlo, sicuramente paralizzata dallo stupore.

«Quando la tua amica mi ha raccontato che hai un sacco di clienti matti, non le credevo» ride Leonardo, portandosi la mano tra i capelli, con quel gesto che fa spesso e che ricorda così tanto il mio Domenico.

«Chi te l'ha detto? E poi non parlare così di Andrea!» dice Nina.

«Scusa, non volevo mica offenderlo, il tuo Andrea» la scimmiotta lui. «La tua amica Emma è passata l'altra sera al locale e dopo il concerto ci siamo fermati a fare due chiacchiere. Devo ammettere che è molto più simpatica di te.»

Dal sorriso è chiaro che la sta prendendo in giro, ma lei si irrigidisce, le guance rosse, le mani chiuse in due pugni tremanti.

«Sei odioso! Vattene!» gli grida, indicandogli la porta.

«Stai… Stai dicendo sul serio? Guarda che stavo scherzando» dice lui, ferito e dispiaciuto per averla offesa.

«Fuori!» insiste lei, perentoria.

«Scusami, non volevo farti arrabbiare. Ero davvero solo passato a prendere le chiavi.»

Lei sbuffa, si avvicina alla scrivania e recupera la busta marroncina. Gliela infila in mano e poi torna a indicare la porta.

«Adesso puoi andare.»

Leonardo la guarda, senza muoversi, poi scuote il capo e le sorride ancora.

«Nina, che strano tipo che sei!» le dice, prima di girarsi e avviarsi all'uscita.

Lo guardo fermo, accanto alla porta, la mano sulla maniglia.

«E comunque io non l'avrei mai perdonata Sandra» aggiunge, dandoci la schiena.

Poi scende il gradino, arriva sul marciapiede e un attimo dopo già non lo vediamo più.

# 12

> Canten tucc: «Lontan de Napoli se moeur»
> ma po' vegnen chì a Milan!
> *Giovanni D'Anzi*

«E poi non si è più fatto vivo?»

«No, ieri sera gli ho mandato un messaggio con una faccina sorridente, per sondare il terreno, ma nessun segno.» Nina sospira, mentre racconta a Emma il siparietto che ci ha regalato il suo spasimante ieri pomeriggio.

Sono sedute all'aperto, sullo scalino dell'ingresso. Ogni tanto vengono interrotte dall'arrivo di un cliente o da qualche passante che le saluta prima di proseguire per la sua strada. Io resto dentro il negozio, appoggiata alla vetrina, ad ascoltarle e a osservare la strada brulicante di lavoratori, studenti, pensionati e perdigiorno, tutti di fretta, come se fossero attesi al più importante appuntamento della loro vita.

«Ammetterai che è stato un vero cafone, andarsene in quel modo...»

«Non sono una grande esperta di uomini, lo sai, se si escludono i protagonisti dei romanzi, ma ho avuto come l'impressione che fosse geloso.» Nina sembra quasi lusingata al pensiero che il re della fandonia possa provare possessività nei suoi confronti.

«Lo capisco! Leonardo è un bel ragazzo e un tipo interessantissimo» esclama Emma.

«Non dire sciocchezze! Interessante quel tipo lì? È solo un pallone gonfiato che si crede una divinità perché suona e canta con la sua voce da cantautore. Con quella ironia e quell'aria da so tutto io... "E il personaggio è così e tu sei cosà"... Bah, a me non dice proprio niente.»

La fioraia la scruta con attenzione, divertita.

«Per essere uno che non ti dice nulla, hai un'opinione molto articolata su di lui. Non credi di essere ingiusta nei suoi confronti?» le chiede, dandole una pacca su una spalla. «Mi sembra che si sia sempre comportato in modo simpatico, invece. E poi conosceva il tuo prezioso libro, molto più di quanto lo conoscesse Andrea, mi pare...»

Le guance di Nina arrossiscono. Quel Leonardo non la lascia affatto indifferente, per quanto lei si sforzi di farci credere il contrario.

Ogni volta che lo incontra finisce per perdere le staffe. Anche una cariatide come me è in grado di capire che tra loro c'è una grande elettricità.

«Sei ancora convinta che dovrei festeggiare qui il mio compleanno, sabato sera? Quest'anno ho davvero poco da celebrare» dice, cambiando argomento con maestria.

«Certo che dovresti!» L'idea della festa è stata proprio di Emma. Non vede l'ora di trasformare la libreria in una pista da ballo. «Ma non preoccuparti, sarà una serata tra pochi intimi, per celebrare gli affari che cominciano ad andare meglio e la tua ritrovata libertà, senza più quella palla al piede di Filippo e senza, spero, quel narcisista di Andrea.»

«Non ne sono così sicura» dice Nina, giocando con una ciocca di capelli. «Ieri è stato un po' brusco, hai ragione, ma la sera prima, al telefono, era così dolce. Mi ha detto che è finalmente pronto a chiarirsi con sua moglie. Forse ci tiene sul serio a me.»

Ho rinunciato a dissuaderla dall'idea che quell'uomo sia quello giusto. Non mi ascolterebbe. Sarà forse il suo terrore di rimanere da sola o la sua voglia di credere di non aver sbagliato a darle fiducia, ma si ostina a non voler accettare la realtà. Lei crede che Andrea sia innamorato di lei e io non posso dire nulla per farle cambiare idea. Se c'è una cosa che ho imparato a mie spese è di non giudicare mai le storie degli altri. Puoi dare qualche consiglio, è vero, puoi sperare che vada tutto bene, puoi fare in modo di essere sempre presente, quando un amico che soffre per amore ha bisogno di te, ma non puoi dirgli come affrontare la sua relazione. Perché gli amori sono tutti unici, speciali, irripetibili e solo chi li vive, chi c'è dentro fino al collo, può capirli davvero.

Negli ultimi giorni mi sono limitata a fare da spettatrice. Osservo, sospiro e incrocio le dita, ma non esprimo più opinioni né giudizi. Sono convinta che Nina, quando arriverà il momento, prenderà la decisione giusta, con i suoi tempi. Dopo aver creduto, per settimane, di essere qui per aiutarla, per passare ogni mia giornata al suo fianco e provare a darle una direzione, inizio a pensare che forse sono io ad aver bisogno di lei.

«Nina, sono tua amica e sai che ti auguro tutto il bene del mondo. Se credi davvero che Andrea risolverà i suoi casini con la moglie per stare con te, non posso che darti il mio appoggio. Però non voglio mentirti. Io continuo a non fidarmi di lui. C'è qualcosa di subdolo nel suo comportamento. Stai attenta!» le dice la saggia voce di Emma.

«Sembra quasi che mi stia per capitare una sciagura» ridacchia la libraia.

«Soffrire per amore è una delle più grandi sfighe che possano capitarti nella vita, ricordalo» sentenzia l'altra.

Ricordo le lacrime disperate di Angela, i giorni di digiuno chiusa in camera sua, la cassetta con la sua musica triste consumata dal mangianastri, la prima volta che le spezzarono il cuore.

Milano si era appena lasciata alle spalle gli anni delle proteste, della politica e delle rivendicazioni e sembrava anestetizzata dal nuovo culto della moda, dalla celebrazione dei fast-food, dall'esibizione a ogni costo.

Il disimpegno era la nuova religione e i giovani, con la loro abbronzatura eccessiva, con i giubbotti in piume d'oca, con le cinture costose e i pantaloni bianchi, cercavano soltanto il divertimento e la leggerezza.

La diffusione delle televisioni commerciali, la pubblicità invasiva, i lustrini, i capelli cotonati, gli ombretti colorati, tutta quell'ostentazione di benessere mi faceva sentire sopraffatta e anacronistica.

La mia figlia più giovane seguiva con ottimi risultati il corso di laurea in medicina e abitava con noi in un appartamento più grande e luminoso, una recente costruzione che eravamo riusciti ad acquistare con i risparmi accumulati con parsimonia durante i decenni di affitto nella piccola casa di ringhiera. Le due gemelle passavano a trovarci ogni domenica, sfoggiando le loro pellicce e gli orecchini d'oro e i golfini di cashmere e i foulard griffati, raccontandoci quanto erano state fortunate a trovare quei due mariti che permettevano loro di fare la vita delle signore, di andare in vacanza a Courmayeur o a Marina di Pietrasanta, di restare a casa con la manicure perfetta a guardare tutte le puntate della *Schiava Isaura*. Durante la settimana telefonavano raramente e quasi sempre per lamentarsi di qualcosa, restando pochi minuti al telefono con me e qualche secondo con il padre o con la sorella minore.

Angela non gliene faceva una colpa. Voleva bene alle sue sorelle e non si perdeva nemmeno un pranzo in loro compagnia, riempiendole di complimenti per le messe in piega piene di lacca e per i loro gioielli appariscenti.

Sono convinta che Maria e Rosa abbiano sempre attribuito alla piccola la colpa di aver sottratto loro l'attenzione mia e di Domenico, per quanto ci fossimo sempre sforzati di essere presenti per tutte e tre. Ma le buone intenzioni, si sa, molto spesso non sono sufficienti.

«Scusa, lo so che sto approfittando della tua gentilezza, ma ho pensato che sarebbe stato perfetto accoglierlo con una bottiglia di champagne.» Ilaria sta mostrando a Nina il costoso vino che ha scelto per la serata.

Emma se n'è andata da poco e le due sono rientrate in negozio per discutere gli ultimi dettagli per questa sera, il momento romantico in cui la rossa riuscirà, finalmente, a incontrare il suo corteggiatore misterioso.

«Caspita! Hai pensato proprio a tutto!» le risponde la libraia. «Non credo di avere dei bicchieri adatti per questo.»

«Oh, non devi preoccuparti. Ho chiesto ai ragazzi del bar di prestarmene un paio. E anche un secchiello con il ghiaccio, per metterlo in fresco. Forse potrei spostare un po' queste carte e preparare qui, sul tuo tavolo» dice, provando a sistemare la montagna di disordine sulla scrivania.

«No, non toccare, per favore!» le urla Nina, fermandola prima che possa muovere anche solo un foglio.

Sorrido, felice di sapere che non sono l'unica a cui è proibito mettere in ordine. «Ti faccio io un po' di spazio, più tardi. È che ho una mia logica con cui conservo le cose e se le sposti diventa tutto un caos...»

«Non so proprio come ringraziarti, Nina, per tutto questo disturbo. Quello che stai facendo per me è importante. Ti sembrerà stupido che io sia così in fibrillazione, ma sento delle buone vibrazioni riguardo a questo appuntamento. Penso che andrò subito d'accordo con Paolo e che la nostra sarà una bellissima storia.» Ilaria ha gli occhi lucidi, mentre parla, e mi accorgo di provare una leggera invidia nei suoi confronti. Deve essere bello riuscire a credere ancora alle favole.

«Mi fa piacere aiutarti. In questi giorni ho bisogno di positività. Anche io voglio tornare a credere ai colpi di fulmine, al fato e al vissero tutti felici e contenti.»

«Cosa diceva il tuo oroscopo oggi?» le chiede la rossa, anche lei fanatica delle stelle.

Nina sospira e attorciglia un dito attorno alla lunga collana che le penzola al collo.

«Che avrei finalmente ottenuto delle risposte.»

Il ragazzo che aveva rapito il cuore della mia piccola si chiamava Carlo. Era un tipo educato, di bell'aspetto, sorridente e gentile. Si erano conosciuti in facoltà il primo anno di studi e si erano subito trovati simpatici. Abitava in un caotico appartamento con altri studenti in corso Italia e scortava spesso Angela fino a casa, dopo le lezioni, fermandosi qualche volta a cena, felice di consumare un pasto decente e non i soliti spaghetti scotti che si preparava da solo.

Mi piaceva vederli insieme, così motivati, pieni di curiosità, brillanti, tanto diversi dai gruppetti di loro coetanei debosciati che vedevo riunirsi, a dozzine, ogni sera fuori dai bar più popolari del quartiere.

Erano entrambi attivi nella vita politica dell'Ateneo, grandi sognatori e molto concentrati sul loro futuro, maturi, nonostante la maturità fosse passata di moda da più di un decennio.

Una sera, mentre lavavamo i piatti dopo cena, ascoltando distrattamente un programma musicale alla televisione, Angela mi aveva confessato di essersi innamorata.

L'avevo stretta a me, con addosso ancora i guanti di gomma, e avevo provato una grande tenerezza per quella mia figlia così sensibile, che era rimasta quasi sempre da sola, se si escludono fugaci fidanzamenti con timidi compagni di classe, trasformatisi poi, troppo in fretta, in grandi amicizie.

Era troppo esigente, soprattutto con se stessa, troppo ambiziosa e forse, come accade spesso alle persone con grandi talenti, troppo insicura.

Carlo era riuscito a ritagliarsi un bel po' di spazio nel suo cuore grande e insieme davano l'impressione di essere molto felici. Andavano al cinema, restavano ad ascoltare musica, studiavano, si scambiavano libri, discutevano di qualsiasi argomento con passione, facevano lunghe passeggiate mano nella mano e, quando la riaccompagnava a casa, si fermavano in un angolo riparato dell'atrio di ingresso, lontano da sguardi indiscreti, a scambiarsi baci e promesse.

«Appena arrivano i volumi che avete ordinato vi mando un messaggio. Non ci vorranno più di due o tre giorni.»

Nina saluta tre ragazzine, passate dopo la scuola per cercare dei libri di cui avevano sentito parlare, e siamo finalmente sole. Sono contenta che tutto giri per il verso giusto, ma ho nostalgia dei pomeriggi in cui il negozio era soltanto nostro. Ultimamente siamo silenziose e restiamo a farci compagnia senza dirci nulla, con il piacevole sottofondo musicale che ci regala la piccola radio. È una situazione intima, privata, che non mi dispiace affatto. La libraia continua la lettura del suo romanzo e io rigiro tra le mani ora un libro ora l'altro, senza riuscire a trovare una storia che mi distolga dai miei pensieri.

Comincio ad avere la sensazione che questo non sia più il mio posto. Non perché non sia benvoluta o perché abbia avuto qualche screzio con qualcuno, ma perché sento sempre più chiaramente che è arrivato il momento di smettere di scappare dal mio destino e di tornare a casa.

«Sei tu Nina?»

Una giovane donna, bella e magra, con una lunga chioma di capelli biondi tenuti lontani dalla fronte da un paio di vistosi occhiali da sole usati come cerchietto, avanza nel negozio, sfilando su un paio di vertiginosi tacchi a spillo.

«Sì, sono io. Posso aiutarti?» le sorride, chiudendo il libro dopo aver infilato il segnalibro di cartone tra le pagine.

La bionda si guarda intorno e poi posa gli occhi sulla libraia per un lungo momento, prima di rispondere.

«Senti» le dice, con un tono che non promette niente di buono. «Non sono il tipo da fare queste cose, ma adesso sono costretta. Tu mi ci hai portato.»

Poggia le mani sui fianchi e assume una posa da vera dura. Mi giro verso Nina, per provare a capire qualcosa di più, ma lei sembra non avere idea di chi sia la ragazza e dove voglia andare a parare.

«In che senso?» chiede, alzandosi dalla sedia, con la fronte corrugata. «Di cosa parli?»

«Vedi, ieri pomeriggio è tornato a casa nervosissimo, con un muso talmente lungo che ho capito subito che era stata una giornata terribile. Credevo, illusa, si trattasse del lavoro; gli ho anche proposto di farsi una corsetta, una decina di chilometri al parco, per schiarirsi le idee e lui niente, non ne aveva voglia. "Strano" mi sono detta, "deve essere successo qualcosa di brutto".»

Ascoltiamo senza interromperla, fiduciose che prima o poi il suo monologo arriverà al punto e ci sarà chiaro il motivo per cui ci sta ammorbando con le sue confidenze, senza nemmeno essersi presentata.

«Quando poi la sera ha detto agli amici che non li

avrebbe raggiunti per vedere la partita, ho capito quanto la faccenda fosse grave e sono partita con il terzo grado. Ma lui non voleva rispondere. Diceva di non preoccuparmi, che andava tutto bene. Poi gli è arrivato un messaggio sul telefono, che aveva lasciato sul tavolino di fronte a noi, e nel passarglielo l'ho letto. E sai cosa ho scoperto?»

Fa una pausa, fissando Nina.

«Devo rispondere?» chiede lei, incerta.

La bionda le lancia un'occhiata gelida e riprende.

«Ho scoperto che ha una *stalker*, una matta che ormai da settimane lo tartassa di chiamate, email e messaggi. Una poveraccia che pensa di potergli interessare, illusa, nonostante abbiano così poco in comune.»

Nina drizza la schiena e sgrana gli occhi. Dalla mia poltrona riesco quasi a percepire il battito accelerato del suo cuore.

«Ma tu chi sei?» chiede alla bionda, ancora ferma al centro della stanza con le gambe larghe come un pistolero pronto al duello.

«Sono la moglie dell'uomo che tu, povera illusa, stai molestando, perché di molestia si tratta. Mettitelo in testa che non ti vuole, è sposato e non ti vuole! E smettila di cercarlo in continuazione, se non vuoi finire male.»

«Sei la moglie di Andrea?» Non riesco a capire se il tono della domanda di Nina sia più scandalizzato, irritato o sorpreso. Di certo non aveva messo in conto di trovarsi di fronte la legittima consorte. E non aveva considerato l'ipotesi che Andrea avesse raccontato a lei un sacco di balle.

Finalmente la maschera è caduta e la mia giovane amica può finalmente vedere che tipo è il subdolo conquistatore.

«Sì, sono sua moglie e sono venuta a dirti che non ti darò un secondo avvertimento. Stagli lontana o finirai male.»

«Ma lui lo sa che sei qui?» chiede ancora Nina, con l'espressione di una che vorrebbe tanto scoppiare in una bella risata. Se non dovesse combattere con le lacrime che, per la rabbia, provano a farsi strada oltre le sue palpebre.

E stava anche pensando di perdonarlo, il re della menzogna!

«Questi non sono affari tuoi» risponde l'altra. «Nessuna cosa che lo riguardi deve più interessarti. Ci siamo capite?» chiosa, puntandole contro un dito minaccioso.

La libraia non replica, pietrificata dalla scoperta. Non ha nemmeno la forza per intimare alla moglie di uscire dalla libreria.

Posso immaginare cosa la ferisca di più in tutto questo squallido teatrino. Non l'idea che lui sia stato vile, tradendo sia lei sia la moglie, né la consapevolezza che non potranno frequentarsi più, ma l'aver dato fiducia due volte a un bugiardo patologico, il pensiero di aver sprecato affetto, lacrime ed emozioni per un uomo che non li meritava.

Angela era tornata a casa una sera piangendo. Singhiozzava così forte che non riusciva nemmeno a parlare. Domenico stava leggendo il giornale sul divano e io stavo preparando la cena.

«L'ho visto insieme a un'altra» mi aveva detto, dopo essersi calmata un po'. «In via Festa del Perdono, fuori dalla Statale. Erano abbracciati e sorridenti e poi lui l'ha baciata, le ha sfiorato le labbra piano, e rideva, era così felice e io mi sono sentita morire.»

Da qualche settimana lui aveva iniziato a fare discorsi sulla libertà, sulla gioventù, sulla necessità di provare altre esperienze, viaggiare, conoscere il mondo. Era sempre distratto, sempre impegnato e già da un pezzo non passava più a salutarci a casa. Pensavamo che fosse molto preso dagli esami, occupato in una delle sue mille attività, e non avevamo sospettato che si stesse allontanando piano piano dalla nostra piccolina. Lei aveva preferito non prestare attenzione ai segnali, aveva scelto di non capire, ogni volta che lui le scivolava via come sabbia dalle mani.

«Non mi ama più» aveva sospirato con gli occhi gonfi, accoccolandosi tra le mie braccia, mentre il padre restava in piedi, sulla porta della cucina, non sapendo cosa dire. Era un uomo sensibile e timido, mio marito, sempre un po' a disagio con le faccende di cuore.

«Ne sei sicura? Non può essere solo una sbandata passeggera?» le avevo chiesto, sentendomi impotente di fronte al suo dolore.

«Avrei dovuto capirlo, me ne sarei dovuta accorgere già un paio di mesi fa.» Tormentava un fazzoletto tra le mani, mentre il rimmel le colava giù dagli occhi. «Ma non avevo voglia di perderlo, non sono pronta a farlo. E così, ogni volta che provava a farmi ragionare, io facevo finta di niente. Perché io lo amo ancora, non è crudele? Non è terribile quando un sentimento finisce solo per l'altro e non per te? Non è ingiusto stare qui ad aspettarlo, quando lui ha già deciso che è ora di andare?»

L'avevo stretta ancora più forte, cercando di farmi entrare dentro la sua sofferenza, provando a prendermela io, tutta io.

«È crudele, Angelina, crudele, scoprire che le storie finiscono, anche quando non sei pronta a chiudere.»

Tutto finisce, anche quello che sembrava eterno. La gioventù, i sogni, gli amori, la vita stessa. C'è un momento in cui si chiudono le esperienze e ti lasciano perduta, senza più riferimenti, senza più identità. E quando te ne accorgi, quando non puoi più fingere che il tempo non sia esaurito, quando non puoi più evitare la fine, non resta che provare a trattenere i ricordi belli, solo quelli, e ad andare avanti con quello che resta, nonostante tutto.

Le due donne, in negozio, si fissano ancora un momento, labbra strette, respiri accelerati, poi la bionda prova ad aggiungere qualcosa, quando viene interrotta dall'entrata rumorosa di Karim.

«Ciao, *habibi*, che succede?» grida il corriere, mentre la moglie arrabbiata sgattaiola fuori. «Non sorridi oggi?»

Nina si sfila gli occhiali e si massaggia le palpebre a lungo.

«No, Karim. Oggi non c'è proprio niente da sorridere.»

# 13

Quante cose si fanno sapendo
che sono uno sbaglio,
Quante cose si fanno
sapendo di farsi del male.
*Pacifico*

Domenico amava Ken Follett.

Era una passione tardiva, la sua, iniziata quando era andato in pensione e aveva deciso di coltivare nuovi interessi. Strimpellava ancora la chitarra, con le dita imprecise, sempre meno ferme, ma lo faceva solo in casa, la sera mentre ce ne stavamo in poltrona, e non cantava più, perché diceva che da quando era morta nostra figlia le canzoni avevano smesso di renderlo felice. Non c'era verso, in vacanza con gli amici che chiedevano con insistenza *'O surdato 'nnammurato*, *Azzurro* o il classico *Piccolo grande amore*, di riuscire a scucirgli qualche accordo. Smettere di cantare, rinunciare a un piacere tanto grande, era stato il suo tributo al dolore.

Senza lavoro, le giornate gli sembravano infinite. I primi tempi era passato spesso a salutare gli ex colleghi sarti, nel laboratorio ormai rinomato che serviva griffe prestigiose, poi si era reso conto che guardare gli altri indaffarati a terminare le confezioni, sempre in corsa contro il tempo, lo faceva sentire ancora più inutile.

Un pomeriggio in cui gli avevo chiesto di darmi una mano a pulire casa, dal momento che desiderava così tanto tenersi impegnato, si era messo a spolverare una delle grandi librerie che avevamo nel lungo corridoio, alte fino al soffitto, sulle quali, in tanti anni, avevo sistemato centinaia di titoli letti e amati. Aveva tirato fuori una copia di *La cruna dell'ago*, sfogliato la quarta di copertina, abbandonato lo straccio su uno scaffale e iniziato a leggere con interesse.

Erano seguiti gli altri titoli, uno dopo l'altro, divorati con gli occhi affamati di pagine. Restavamo ore intere, nel salotto luminoso, con le teste immerse nei libri e il piccolo Foscolo accoccolato in una cesta ai nostri piedi. Io passavo dalla Austen a Vassalli, da Eco a Orwell, dalla Maraini a Murakami. Lui era perso nelle pagine di Follett, intervallate raramente da Chandler, Ellroy e Camilleri.

Quando gli diagnosticarono la malattia aveva appena terminato *La caduta dei giganti*. La mattina, nelle giornate di sole, usciva e andava al parco portandosi la grossa copia sempre dietro.

«Leggerò anche il seguito» aveva detto fiducioso, terminando l'ultima pagina nella sala d'attesa dell'ambulatorio, accarezzandomi le mani che tenevo aggrappate al suo braccio, per fargli e per farmi forza. «Vedrai che riuscirò a finirlo.»

E ci era riuscito. Aveva letto *L'inverno del mondo* fino alla fine, lentamente, per lo più sotto le lenzuola o su quella nuova poltrona reclinabile, che doveva essere costata un bel po' di soldi alle gemelle, dove passava ormai gran parte della giornata.

*I giorni dell'eternità* era rimasto chiuso sul comodino per mesi.

«Non hai voglia di leggerlo?» gli avevo chiesto un giorno che l'avevo trovato a fissare fuori dalla finestra, sempre più stanco.

«Ho paura che, se lo inizio, poi non riuscirò a finirlo» aveva risposto.

E io avevo capito. Avevo compreso cosa provava al pensiero di non riuscire ad arrivare all'ultimo capitolo di una storia tanto amata. Avrebbe avuto quasi un anno per terminarlo, ma non poteva saperlo all'epoca e aveva preferito non tentare nemmeno.

Nella decisione di non provare, nel suo arrendersi al destino e cercare di non lasciare niente in sospeso, niente da rimpiangere, una volta nell'aldilà; nel suo desiderio di non combattere il tempo, ma assecondarlo, avevo percepito il suo grande amore per la vita, che non era l'ossessione di aggrapparsi sino alla fine alla speranza di un solo minuto in più, ma l'accettazione che quello che aveva avuto, bello, brutto, felice e doloroso, era stato abbastanza.

Non sono coraggiosa come Domenico, non lo sono mai stata, anche se mi sono spesso lanciata nelle fiamme delle difficoltà come una temeraria. Sono incosciente, questo sì, e provo, mi sforzo, di fare la cosa giusta. Ma non riesco ad accontentarmi, ad accettare che sia tutto qui. Vorrei leggere ancora pagine e pagine e pagine e avere lunghi giorni e notti davanti a me per vedere il mondo che cambia, per avere la certezza che Nina sarà felice, per vedere la mia città, finalmente piena di energia e di buoni propositi dopo anni bui, perdere il suo grigio e tornare a riempirsi di colore.

«Niente vissero felici e contenti, allora?»

Emma passa a Ilaria un palloncino rosa da sistemare su una delle pareti.

«Ah, lasciamo stare! Ci avevo creduto così tanto. Sembrava proprio la storia perfetta, vero?» La rossa sospira, cercando con la pressione di un dito di far aderire lo scotch all'intonaco.

«Be', era romantica: i libri sospesi, le parole dei grandi scrittori che parlavano al posto vostro, le frasi sottolineate. Era quasi un'avventura da romanzo, in effetti. Troppo perfetta.»

«Per una volta, una sola, mi sarebbe piaciuta la perfezione!»

«Ma non può essere stata così catastrofica, dai! Non siete stati insieme nemmeno un'ora.» Nina le raggiunge, con in mano un vassoio di pasticcini ancora incartato che sistema sul tavolo incredibilmente sgombro. È riuscita a mettere in ordine per la prima volta da quando ho messo piede nella libreria. Se possedessi anche io uno di quei telefoni tecnologici, le farei una foto davanti alla scrivania per immortalare il momento.

«Trentacinque minuti, per l'esattezza» commenta Ilaria. «Il resto del tempo, prima di venire a portarti le chiavi a casa, l'ho passato a camminare per schiarirmi le idee.»

«È per qualcosa che ha detto?» chiede Emma, che continua a gonfiare palloni e a sistemare festoni da un pezzo.

Ho il sospetto che, all'insaputa della festeggiata, stasera abbia invitato più gente del previsto. Tutte quelle persone stipate qui dentro, a contatto con i libri! Tremo al solo pensiero di quanti danni possano fare, con i bicchieri colmi e i piattini pieni, usando i volumi sistemati con cura come tovaglia. Forse dovrei bere un paio di grappini, prima dell'evento, così da svenire in poltrona e non assistere allo scempio.

«Non saprei nemmeno da dove cominciare. Per qualcosa che ha detto e per quello che ha fatto. Innanzitutto, subito dopo avermi stretto la mano, si è messo a fissarmi come se fossi un pezzo di carne in vendita sul bancone del macellaio. Stava cercando di capire se fossi abbastanza sexy? Poi ha storto il naso per le bollicine, perché lui è "un tipo da Gin Tonic" e ha criticato la mia selezione musicale. Speravo di riuscire a parlare di libri, di noi, di quello che avevamo provato leggendoli, ma niente. Dopo un quarto d'ora di grande imbarazzo, ci siamo salutati con cortesia, "ti chiamo io, eh!", e ognuno per la sua strada. Mah... È stato così deludente.»

«Potevi immaginarlo che sareste stati impacciati, però» commenta Nina. «Magari la prossima volta sarete meno tesi e andrà tutto meglio.»

«Non ci sarà una prossima volta, è stata una pessima idea. Tra di noi non è scattata la scintilla. Io mi fido moltissimo della prima impressione e difficilmente cambio idea sulle persone.»

«Sei un po' troppo severa» aggiunge la libraia.

«No, sono realista.»

«Vuoi dire che è stato tutto inutile?» domanda Emma. «Le dediche, il flirt letterario...»

«Al contrario! I libri sospesi sono stati la cosa più bella che mi sia successa negli ultimi mesi» risponde Ilaria, entusiasta. «Ho sognato, ho sperato, ho viaggiato moltissimo con la fantasia. Mi sono emozionata nel ricevere tutti quei regali e nel farli. Ho letto romanzi straordinari che mi hanno permesso di capire tante cose di me. È stato bello. Grazie, Nina, per averlo reso possibile.» Le stringe la mano attorno a un braccio, con affetto, e poi ride. «Ma non presentarmi mai più nessun cliente, intesi?»

Le ragazze continuano a sistemare la libreria, allegre, tra il viavai di curiosi, amici e compratori.

Nina sembra aver superato la delusione di Andrea.

Dopo essere venuta a conoscenza della sua bassezza, in modo così traumatico, non è stato troppo difficile né doloroso rimuoverlo dai suoi pensieri.

«Non voglio dedicargli nemmeno un altro minuto del mio tempo» ha chiosato, dopo aver aggiornato la fioraia sulla visita della moglie furibonda.

«Finalmente inizi a ragionare, amica. Facciamo pulizia di tutti gli uomini sbagliati dalla tua vita, d'accordo?»

Il sole è alto e dalla vetrina filtra una luce calda e brillante che illumina tutti i libri. I colori vividi delle copertine mi stringono il cuore. Vorrei che i miei occhi affaticati riuscissero a notare tutte le sfumature che vedo sui libri anche quando passeggio per la città. Vorrei riuscire a guardare di nuovo Milano con gli occhi che avevo in quei tempi andati.

C'è una bella umanità, intorno a me: ragazze sognatrici, lettori appassionati, giovani con idee, lavoratori indefessi e ottimisti, nonostante la precarietà. Il loro entusiasmo mi ricorda quello che avevamo noi, stipato nelle valigie consumate e sui ballatoi affollati, nascosto sotto dita di polvere nera e di fumo. L'entusiasmo dei pionieri che arrivano in una terra di frontiera e capiscono che non è la fine, ma l'inizio, il trampolino verso un mondo nuovo.

«Vedi, io sono un profeta. Parlo con Nostro Signore, è lui che mi ha indicato la strada per arrivare fino a questa graziosa biblioteca.»

«Ehm, libreria, questa è una libreria. E sono lusingatissima per... Nostro Signore.» Nina risponde titubante all'uomo strambo, pantaloni, camicia, maglione e scarpe nere e una strana cartellina di pelle sotto il braccio.

«Che voce delicata che hai, ricordi quella della mia gatta quando vuole le coccole.»

Nina ha un'espressione da fotografare, non sa come gestire la conversazione e cerca lo sguardo complice delle amiche.

«Ma ora non posso distrarmi con la tua voce, sono qui proprio perché Dio... a proposito: conosci la voce di Dio? Io la sento tutti i giorni, una voce così potente, forte, mille uomini che parlano all'unisono; ecco dicevo, Dio mi ha chiesto di farti una proposta. Tu regali uno dei tuoi libri a me e io in cambio ti lascerò questo.» Tira fuori un piccolo fascicolo consunto, rivestito di cartoncino dal colore della pece, e lo mostra alla libraia. «Contiene tutte le verità.»

«Grazie, è un'offerta allettante, ma non posso regalare libri. Purtroppo sono costretta a venderli.»

Il tale la guarda con gli occhi spalancati.

«Il denaro non può comprare la salvezza. In tanti mi avevano chiesto di pubblicare questo capolavoro...» Agita il quaderno zozzo sotto al naso di Nina. «Ma ho rifiutato. Non posso scrivere per dei soldi impuri.»

«Mi sembra un'ottima scelta» dice lei, con pazienza biblica. «Ma comunque non posso regalarle libri.»

Tutte noi restiamo a guardare la scena, ferme ai nostri posti, senza intervenire. I matti continuano a restare di competenza esclusiva della libraia.

«Allora facciamo così. Te lo lascio e puoi leggerlo stasera o domani. E lunedì verrò a recuperarlo.»

«Era proprio la tua idea per trascorrere il compleanno, giusto?» le chiedo, stuzzicandola.

«La ringrazio» fa lei, mantenendo la sua compostezza. «Ma non posso farlo. Grazie lo stesso.»

«TU STAI RIFIUTANDO DI CONOSCERE LA VERITÀ!» grida il tale di botto, alzando le braccia al soffitto.

Emma fa un paio di passi in avanti e si avvicina all'amica.

«Forse dovremmo chiamare qualcuno» suggerisce.

In quel momento, sempre più inspiegabilmente, il profeta si inginocchia per terra e comincia a blaterare sotto voce. «Adamo era così, rannicchiato su se stesso.» Si stende su un fianco e resta in posizione fetale. «Ah, com'era triste, Adamo! Tutto solo.»

«Senti a me, tu devi prendere uno psichiatra fisso qui dentro» dice Emma, mentre osserviamo la scena, indecise se ridere o darcela a gambe.

«Dio capì che aveva bisogno di compagnia. Sul suo costato, il costato di Adamo, c'era un tatuaggio...» Si tocca un fianco, mentre continua a parlottare. «Un'immagine di una donna. Il Signore di tutti i cieli e di tutte le galassie soffiò sul tatuaggio e la donna del disegno venne fuori. Era lei la vera Eva.»

«Allora, questo dio era un tatuatore?» chiede Nina, cercando di mantenere l'espressione più seria possibile.

«Tu mi prendi in giro, donna!» sbotta il nero, cercando di tirarsi su, rotolandosi sul pavimento con la difficoltà di uno scarafaggio capovolto.

«Cosa devo fare? Carabinieri?» chiede Ilaria ferma nella nicchia accanto a me e piuttosto preoccupata.

«Non volevo prenderla in giro, ci mancherebbe» spiega la libraia all'uomo che a fatica è riuscito a rimettersi in ginocchio. «Io sono piena di tatuaggi. Forse dovrei farmi fare quello di Adamo, così magari dal mio fianco salterà fuori un maschio decente.»

«Non scommetterci troppo» le fa eco Emma, divertita.

L'uomo è in piedi, con la cartella di pelle tra le mani, paonazzo, e guarda le due con sdegno. Alza una mano per indicarle e per una manciata di secondi temo il peggio. Invece, spiazzandoci ancora una volta, comincia a camminare retrocedendo lentamente verso la porta.

«Adesso vado. Ma tornerò. Ne puoi stare sicura» proclama, prima di prendere il largo.

«Io invidio tantissimo i tuoi clienti» le dice Emma.

«I clienti sono quelli che comprano. Questo qui voleva solo farmi perdere tempo.»

Al tramonto cominciano ad arrivare i primi amici. Sono visi conosciuti, che ho visto passare negli anni in questa piccola scatola lilla, alcuni spesso, altri raramente.

Hanno in mano regali, fiori, bottiglie di vino e sono tutti molto sorridenti.

Un paio di ore fa, quando le amiche sono andate via per sistemarsi, rimasta sola con me tra festoni e stuzzichini vegani, Nina è venuta a sedersi sul bracciolo della mia poltrona e ha sussurrato: «Sono trentuno, Adele. L'avresti mai detto?».

Il cuore mi si è riempito di nostalgia e gli occhi di lacrime, e non sono riuscita a rispondere nulla. Ho pensato ad Angela che non ce l'aveva fatta ad arrivare a quell'età, a Domenico che amava festeggiare i compleanni, alle gemelle che negli ultimi mesi si sono fatte vive solo quando ne ho compiuti ottanta, poco prima del mio incidente, a tutto il tempo che la libraia ha ancora davanti per realizzare i suoi progetti.

Ho appoggiato la testa al suo braccio, lei ha tremato leggermente e ho notato che anche la sua guancia era rigata da una goccia di malinconia.

In poco tempo, il locale si riempie di persone. C'è musica, chiacchiere e confusione e mentre Nina sorride e sembra allegra e leggera, io comincio a sentirmi di troppo e fuori luogo. Mi sistemo in un angolo e osservo la vita che va avanti, tra brindisi, abbracci e tartine all'avocado.

D'un tratto, le luci si spengono, in sala cala il silenzio e dalla porta d'ingresso entra Emma, reggendo in mano una grande torta sormontata da lunghe candeline accese, con le note di una chitarra dolce di sottofondo.

La libraia è al centro della stanza, sorpresa, un bicchiere in una mano, un tovagliolo nell'altra, l'emozione che le fa tremare le gambe, la contentezza che le illumina il viso.

«Grazie!» dice all'amica, mentre questa appoggia il dolce tra pizzette e patatine, prima di spegnere le candeline, mentre tutti intonano *Tanti auguri*.

Leonardo l'ha seguita nel negozio continuando a suonare, con lo strumento a tracolla. Un ragazzo si alza da una sedia sistemata davanti a uno scaffale e gli fa cenno di sedersi. Il musicista prende posto, si ferma, si schiarisce la voce e inizia.

«Questa canzone è per la festeggiata, Nina, dagli occhi intensi, dal sorriso grande, dal carattere… ecco, sul carattere sorvolerei!» e ridacchia, mentre la guarda. «A Nina, che vive nei libri e per i libri, che riempie le nostre fantasie spacciando sogni, che ci regala innumerevoli storie, dedico, a nome di Emma e di tutti gli amici queste note che le somigliano: *Luna in ariete*, di Claudio Sanfilippo.»

Alla luce fioca di una lampada, accesa alle sue spalle, inizia a suonare, circondato da tutte le persone che la mia giovane amica ama, da quel gruppo di visionari a cui abbiamo lasciato in eredità Porta Romana.

*Planano i capelli*
*E lei mi guarda come può*
*Dietro agli occhi chiari*
*Dietro a quello che io so*

È questa la vita che mi auguravo per Nina, il destino che desideravo avesse, simile a quello che era toccato a me: un sogno in cui credere, tanti libri ancora da leggere e un uomo, anche sconosciuto, che ti canta canzoni d'amore.

*Chi lo sa*
*Quanta strada abbiamo ancora*
*Quale odore buono ci catturerà...*

È una notte limpida e, se non fosse Milano, così piena di luci, forse riusciremmo anche a vedere le stelle. Ho da parte un bel regalo per la mia giovane amica, ma questa sera non è il momento per darglielo.

Dopo aver suonato ancora due, tre, quattro canzoni, Leonardo ha messo via la chitarra e ha preso un bicchiere di vino, per brindare con gli altri.

«Potevi dirmelo che l'avresti portato» ha sussurrato Nina a Emma.

«Scherzi? Avresti dato di matto e me l'avresti impedito. Invece è stato fantastico, vero?»

«Uhm» risponde la libraia, con un'alzata di spalle. «Non è male.»

«Smettila di fare la dura». Emma le stringe le braccia intorno alle spalle. «L'ho notata quella lacrimuccia che hai cercato in tutti i modi di nascondere.»

Lo evita per quasi un'ora, timida e forse ancora in imbarazzo per il modo in cui si sono lasciati un paio di giorni fa.

Mentre sono ferma a guardare la strada deserta, si avvicinano entrambi alla vetrina, con in mano due fette di torta sopravvissute all'assalto dei golosi. Mi nascondo in un angolo, nella penombra, per non disturbare.

«Ecco, io... volevo ringraziarti» dice Nina, cercando di vincere l'insicurezza.

«Non serve, lo dico sul serio. Emma mi ha detto che volevi invitarmi al tuo compleanno per scusarti...»

«Ah, Emma ti ha detto questo, dunque» ribatte, corrugando la fronte.

«Sì, e ho pensato che il tuo fosse un bel gesto, coraggioso, gentile. Così, per ricambiare, ho cantato per te.» Cerca con lo sguardo un punto dove poter appoggiare il suo piattino senza sciupare i libri e lo sistema su un pezzo di scaffale lasciato vuoto proprio a questo proposito. L'ho sempre detto che mi sembrava davvero un bravo ragazzo! «Nina, non so perché ogni volta che ci incrociamo qualcosa finisce per andare storto. Sei complicata e non riesco a capire cosa ti passi per la mente. Mi piace! Mi piace scoprire che hai mille strati, mille sfumature. E vorrei dimostrarti che non sono un tuo nemico. Noi abbiamo qualcosa in comune.»

«Sì, lo so. Ho letto quella lettera. E anche se non sono pronta a parlarne, perché continua a farmi male, lo so che abbiamo in comune un ricordo.»

«Domani è domenica. Non sei obbligata a venire. Vuoi ancora farlo?»

«Sì, lo voglio. Glielo devo. La chiave ce l'ho io, comunque» sorride, poi si volta e indica gli amici. «Scusami, devo tornare dagli ospiti. Grazie ancora per aver suonato per me. Sei stato... bravissimo.»

Lei si allontana e Leonardo rimane ancora un po', le mani in tasca, a guardare fuori. Mi avvicino e per un attimo restiamo fianco a fianco, in silenzio. E quando anche lui se ne va per mescolarsi nuovamente alla folla, apro la porta e mi incammino, lentamente, verso casa.

# 14

Si può vivere anche a Milano nel cuore della città
c'è tanta gente in giro per le strade
c'è tanta elettricità
si ha tutto a portata di mano
non si scappa dalla realtà.
*Eugenio Finardi*

Sono seduta in poltrona, al buio. Credo di essermi addormentata qui, ieri notte. Rientrata nell'appartamento vuoto e silenzioso ho avuto l'impressione che fosse passata un'eternità dall'ultima volta che ci avevo messo piede. Con la testa appoggiata allo schienale, cerco di riportare alla memoria l'ultimo momento in cui sono stata felice tra queste mura.

Quanti ricordi si accumulano in una vita, piccoli, grandi, belli, brutti, insignificanti o fondamentali.

L'amore, la famiglia, il lavoro, le passioni, i lunghi bagni al mare, le corse in bicicletta, l'odore della carta di un libro fresco di stampa, il sapore del sugo cucinato da tua madre, la musica di un vecchio giradischi, il rumore delle porte a soffietto del tram quando si aprono, le campane della chiesa nei giorni di festa, la campanella di fine turno in fabbrica, le pagine più belle dei tuoi romanzi preferiti. Mi torna in mente tutto, adesso, come in una pellicola al cinematografo.

Una chiave gira nella toppa e sento la porta di casa aprirsi.

«Aspetta, l'interruttore dovrebbe essere qui» dice la voce giovane di un uomo sulla soglia.

Il bagliore della lampadina accesa nel corridoio ridisegna i profili delle cose che mi circondano e smetto di sentirmi sospesa nel vuoto.

«Vado ad aprire le finestre, va bene? Tu intanto potresti cominciare a portare su altri scatoloni.» La voce di Nina mi raggiunge dall'ingresso, prima ancora di vederla entrare in sala.

È venuta a prendere il suo regalo, quello che le avevo promesso già da tempo.

Non accende la luce, ma si muove con cautela verso la finestra, cercando di non urtare niente nella penombra. Tira su la tapparella del balconcino e i raggi del sole ormai alto riempiono lo spazio con inaspettata violenza.

Si guarda intorno, con gli occhi curiosi e malinconici, e realizzo che, dopo anni di amicizia, è forse la prima volta che mette piede nel mio mondo.

Fissa la poltrona con un sorriso dolce e mi accorgo di non avere nemmeno la forza di andarle incontro.

«Scusa, se non faccio gli onori di casa, ma stamattina

sono davvero molto stanca. Credo di aver passato tutta la notte a rivivere la mia vita. Fa' con comodo, piccola mia, prenditi tutto il tempo che vuoi. Io resterò qui a guardarti.» Mentre le parlo, entra in cucina e apre anche lì le finestre. L'aria fresca che ha riempito le stanze mi solletica le caviglie. «Forse ho ancora del tè, in qualche scaffale... Io resto qui.»

«Ehi, libraia! Vieni a darmi una mano, per favore.»

Adesso la riconosco, la voce di Leonardo. Sono venuti insieme a trovarmi. Quel giovane mi è piaciuto dal primo momento che l'ho visto. Ho un debole per i musicisti, lo so; in tutti rivedo gli occhi affamati di sogni dell'unico uomo a cui sono appartenuta.

«Possiamo cominciare dallo studio» le dice, trascinando dentro l'appartamento una bella quantità di cartoni. «Ci sono i volumi più belli. Alcune edizioni sono introvabili.»

«Come mai conosci così bene l'appartamento?» chiede Nina. Chiudo gli occhi e continuo a sentire le loro voci muoversi tra le stanze.

«Venivo a trovare spesso Domenico» racconta. «Pensa, ci eravamo conosciuti per caso. Un giorno sono venuto a consegnare la spesa e mi ha aperto lui.»

«Fai anche il garzone, nel tempo libero?»

«Non ridere, mia bella libraia. Non è facile vivere della propria arte. La musica è tutto per me, ma in attesa della mia grande occasione devo pur continuare a mangiare.»

«Non ho mai conosciuto il marito di Adele. Mi diceva sempre che sarei dovuta passare a cena, una volta, ma non ho mai avuto l'occasione. Finché non è stato troppo tardi e lui è mancato. So che era molto malato. Il giorno del funerale, ricordo che lei era a pezzi.»

«C'era tanta gente, quel pomeriggio, vero? Era una bella persona, Domenico, un grande musicista.»

Restano in silenzio, per qualche momento, e mi torna alla mente il viso del ragazzo in quel giorno disperato. Era venuto alla cerimonia portando sulle spalle la chitarra e per un momento, guardando distrattamente la sua sagoma che usciva dalla chiesa, avevo immaginato, nella confusione del dolore, che fosse mio marito che si allontanava.

«Insomma, una mattina sostituisco un amico, quello che consegnava sempre la spesa a questo indirizzo, e resto un bel po' in attesa, al citofono. Domenico si muoveva lentamente, con il bastone, ma aveva ancora la testa veloce come quella di un ventenne. Mi fa strada in cucina, dove lascio tutti i pacchi. Non sapeva nemmeno dove andassero sistemate le cose. "Mia moglie conosce meglio la casa, ma adesso è in libreria. Esce sempre per andare a trovare la sua amica. I libri sono la sua grande passione" mi aveva detto. È stata la prima volta che ho sentito parlare di te.»

Immagino che adesso Nina stia sorridendo: «Adele passava a trovarmi quasi tutte le mattine, è vero. Mi diceva che lo faceva anche per dare un po' di tregua a suo marito. "Perfino la migliore delle mogli diventa noiosa, a lungo andare"».

«Siamo rimasti a chiacchierare un po', quella mattina. Stava facendo suonare un disco di John Coltrane e ci siamo seduti in cucina, ad ascoltare. Mi ha raccontato del suo amore per la musica, del suo gruppo di musicisti, delle serate nei locali negli anni Sessanta. Io gli ho detto di me, del mio sogno folle di cantautore, di com'è difficile adesso fare musica senza vendere l'anima al diavolo, di com'è cambiata la scena artistica milanese. Era bello parlare con lui. Mi ascoltava davvero, sembrava interessato a tutto quello che gli dicevo e io andavo matto per le sue storie, per gli aneddoti incredibili, per le citazioni di vecchi album.»

«Venivi a trovarlo spesso?»

«Sì, quando Adele usciva per venire da te, lui mi chiamava e, se ero libero, afferravo la mia chitarra e lo raggiungevo per suonare. Non toccava quasi più il suo strumento. Prendeva in mano il mio solo per farmi vedere qualche accordo. Un giorno mi ha dato il permesso di suonare la sua dodici corde. "Accordala per me" mi aveva chiesto. "Le mie orecchie non sono più tanto buone."»

Mentre ascolto, guardo fuori dalla finestra i contorni dei palazzi che circondano il mio. Quante volte mi ero sentita in colpa per essermi rintanata tra i libri di Nina. Temevo che Domenico potesse sentirsi abbandonato, senza di me. Invece scopro adesso che la sua esistenza non era limitata, che aveva ancora passioni e desideri, che era riuscito anche lui a farsi un amico, nei giorni della fine. E mi sento felice, lo sono davvero.

«Hai mai incontrato le figlie di Adele e Domenico?»

«No, ho parlato telefonicamente con Maria, quando mi ha chiamato dopo aver trovato il mio contatto sulla scrivania di suo padre. Aveva bisogno di un tuttofare che si occupasse di farti avere i libri della donazione.»

«Chissà che faccia ha fatto quando nel testamento la madre ha impedito loro di buttare tutti i libri della sua biblioteca, ma ha voluto lasciare tutto a me.»

«Non credo si siano neanche rese conto del valore inestimabile dei testi che ci sono.»

«Già, probabilmente per loro si trattava solo di oggetti da spolverare.»

«Domenico non capiva come era stato possibile che si fossero allontanate così tanto da lui. Sentiva di aver fallito come padre, anche se non riusciva a comprendere la sua colpa.»

«Anche Adele. Diceva che l'ambiente che avevano cercato di creare per loro, fatto di lavoro dignitoso, piccoli sogni, libri e musica, non era quello che le due gemelle cercavano. Già da ragazzine avevano iniziato a odiare questo quartiere. Le case popolari, le piccole officine, le trattorie scalcagnate, l'enorme e rumorosa ferrovia. Tutto quello che vedevano intorno a loro sembrava mediocre.»

«Be', io la amo la mediocrità delle nostre strade» confessa allegro lui.

«Io la trovo bellissima» dice lei, e la immagino con gli occhi bassi e le guance arrossate, mentre passa a Leonardo alcuni testi da inscatolare. «Sai, sono stata io ad avvisarle, le figlie di Adele. È successo sulla poltrona nella mia libreria.»

«È stato difficile?»

Nina sospira e io chiudo gli occhi, appoggiata allo schienale.

«Sì» dice con un filo di voce a cui fa seguire un lungo silenzio.

Lavorano tutta la mattina, passandosi i volumi, leggendo qualche pagina, raccontandosi aneddoti divertenti, spostando da una stanza all'altra gli scatoloni.

«Tenevano la copia di Buzzati come un cimelio» sorride Leonardo. «Avrei dovuto restituirla, lo so, ma credo che Domenico me l'avesse fatta leggere perché sapeva che era il libro per me.»

«Come hai fatto a lasciarla sulla mia scrivania?» chiede Nina.

«Ah, io non c'entro nulla» sorride lui, mano tra i capelli e occhio che ammicca. «Quella è stata una magia.»

«Mi dispiace essere stata così sgarbata con te. Non sono così antipatica, di solito.»

«Non importa. Sono bravo a capire le persone, sai? E ho intuito subito che non eri cattiva.»

«Non contarci troppo! Posso diventare perfida, se mi fanno arrabbiare.»

«Nooo, non ci riusciresti. Quegli occhi lì, così grandi, non sono stati creati per far paura.»

Nel primo pomeriggio si allontanano e mi lasciano sola tra gli scaffali semivuoti e l'odore del pranzo dei vicini che si intrufola nel mio appartamento.

«Andiamo a mangiare un boccone e poi finiamo» ha proposto Leonardo.

Quando si chiudono la porta alle spalle, mi alzo in piedi e muovo qualche passo in questo spazio che riconosco appena, senza il dorso dei libri a delimitare i confini del mio mondo.

Nelle pagine che lascio in dono c'è tutto quello che rimane di bello di me, di Adele Amoruso, moglie, madre, lavoratrice instancabile e grande, grandissima lettrice.

Mi avvicino al balcone, lasciato aperto dai due, e mi affaccio sul cortile deserto della domenica. Gli sparuti alberi, le auto, i bidoni dell'immondizia, le biciclette, le ante delle finestre, le ringhiere, le antenne, i tombini, al mio sguardo stanco tutto appare ancora una volta in bianco e nero. Tutto tranne una macchia in lontananza, che si muove verso di me. Una palla rossiccia e pelosa, che con un paio di lunghissimi balzi mi è accanto, qui al secondo piano, e mi fissa con due occhi gialli e intensi, dietro i lunghi baffi.

«Finalmente sei tornato, Foscolo!» gli sussurro, accarezzandogli la testa dietro le orecchie. «Finalmente sei a casa.»

# 15

Sei troppo bella per dirti addio.
*Articolo* 31

Nina annoda il nastro rosa tra i capelli di Asia e la invita a sedersi insieme agli altri bambini sui cuscini sistemati sul pavimento della libreria. Alcune mamme salutano i piccoli, prima di andare, altre prendono posto sulle sedie sistemate sul fondo della sala. Emma chiacchiera amabilmente con Ilaria e con il bel ragazzo con cui si è presentata a braccetto.

Sulla poltrona, che per tanto tempo mi ha fatto compagnia, Leonardo accorda la chitarra, prima di iniziare a suonare.

C'è il cielo più azzurro che io ricordi da sempre, in questo pomeriggio caldo. Fuori dalla vetrina, ferma sul marciapiede, osservo all'interno di quel luogo tanto amato le vite giovani, sospese nelle loro storie e nelle loro scelte, e sorrido, finalmente serena. Intorno a me tutto è tornato pieno di colore: l'erba del parco di fronte, le insegne dei negozi, i graffiti sui muri, gli abiti leggeri delle passanti. È il giorno perfetto per iniziare qualcosa, per prendere decisioni importanti, per scegliere un libro a caso e leggerne la prima pagina.

Dal fondo della strada, avverto il rumore del motore della Lambretta, un rumore che distinguerei anche se fossi sul trafficatissimo corso Lodi alle sei di sera.

Mi giro e scorgo Domenico, giovane e bello, che mi viene incontro.

«Adelina, ci stanno aspettando» mi dice, tendendomi la mano.

Monto in sella, annuso l'odore familiare della sua pelle, mi giro a guardare per l'ultima volta la scatola lilla piena di sogni, poi mi aggrappo al mio grande amore, stretta al suo fianco. Leggera ed emozionata sono pronta a partire per un altro viaggio.

Finito di stampare nel luglio 2022 presso
Stampa Rotolito S.p.A – Seggiano di Pioltello (MI))
Printed in Italy